U0424273

国韵小小说

上海图书馆 编

芦中人

中华传统历史小说十五篇

生活·讀書·新知 三联书店

图书在版编目(CIP)数据

芦中人:中华传统历史小说十五篇/上海图书馆编.
—北京:生活・读书・新知三联书店,2017.12
(国韵小小说)
ISBN 978-7-108-05052-6

Ⅰ.①芦… Ⅱ.①上… Ⅲ.①小小说-小说集-中国-现代 Ⅳ.①I246.8

中国版本图书馆CIP数据核字(2017)第280066号

责任编辑 成 华 韩瑞华
封面设计 刘 俊
责任印刷 黄雪明
出版发行 生活・讀書・新知 三联书店
(北京市东城区美术馆东街22号)
邮 编 100010
印 刷 常熟高专印刷有限公司
版 次 2017年12月第1版
2017年12月第1次印刷
开 本 650毫米×900毫米 1/16 印张 10.75
字 数 93千字
定 价 29.00元

编者的话

近一百年前，一批通俗浅近、装帧精美的“口袋书”陆续面世，是为“小小说”系列。其内容多依托古典小说名著改编，文字浅显，材料活泼，更有鲜明悦目的精美封面助人兴味，既可供文学爱好者品味消遣，亦是学校教育、家庭教育、民众教育的流行读本。惜历时久远，今多已散佚。

为“复活”这批优秀的传统文化读物，特搜集上海图书馆所藏共九十余种“小小说”，略据内容分为六册，凡军事、历史、武侠、志怪、世情，涵盖各种类型，集中展现了我国古典白话小说的发展水平与艺术特色。

为便于读者阅读，现将原书的竖排繁体转为横排简体，修正了其中的漏字、错字、异体字，并根据现代汉语语言规范对标点符号进行了统一处理。必须说明的是，编者仅就明显的语言错误做出修正，在文从字顺的前提下，尽可能保留了特定时代的语言风格。

当然，也由于时代的局限，书中存在一些与当今理念相悖之处，考虑到还原作品原貌，均视作虚构文学素材予以保留。读者阅读此书，当能明辨。

目录

渭水河
国韵小小说

渭水河

话说周文王在商朝的时候，是个诸侯，建国岐山，因为岐山是在西方，又名西岐。当时商朝的天子纣王无道，天下纷纷大乱，唯文王在西岐，真个爱民如子。别处有吃过纣王亏的，都闻风归附，国势日盛，不期被纣王得知，将文王召进京城，转送到一个小地方，名曰"羑里"，将文王囚了七年。好容易一日赦回故国，一班臣下都出城迎接进宫。受朝贺毕，只见家臣大夫散宜生上前奏道："主公德播四方，三分天下，已有二分归附，纣王又杀害忠良，荼毒百姓，不如乘此统带雄兵，杀进五关，灭却商朝。一来可救受苦的百姓，二来可报七年拘囚之仇。"文王闻奏道："卿言差矣，天子乃万国之至尊，即有过失，尚非臣子所宜言，何况妄动干戈，自取灭亡。孤既返国，当以化行俗美为先，民丰物阜为务，则百姓自受康乐，孤与卿共享太平。又何必劳民伤财，快一时之忿哉？"散宜生听了拜服。文王道："孤思在西北角向南起造一台，名曰'灵台'，以观天文灾祥等兆。唯恐土木之工，非诸侯所宜，劳苦百姓。"散宜生道："大王造此灵台，既为观天文灾祥而设，乃为西岐之民，非为游观之乐，不得谓之劳民。况主公仁爱，泽及昆虫草木，万姓无不衔恩。大王出示，自然乐从。若大王不轻用民力，仍给工银，任民自便，不去强他，这也无害于事。”文王大喜道：“大夫此言，正合孤意。”随即出示各城门。早惊动了军民人等，都来争看告示。只见上书道：“西伯示谕军民人等知悉：西岐乃道德之乡，无兵戈之扰，民安物阜，讼简官清。孤因万里拘囚，今日赦归故国。见迩来水旱失度，灾异频仍。拟在城西官地上，建筑坛台，名曰‘灵台’，以占风候，看验民灾。但恐土木工繁，有伤尔军民之力。特定每日每人给发工银一钱。此工不拘时日之远近听随民便。愿做工者，即上部报名入册，以便查给工资。如不愿者，各安本业，并不强迫。为此出谕知之。”西岐军民人等，一见告示，大家欢悦齐声言曰：“大王恩德如天，莫可图报。我等日出而游，日入而息，坐享承平之福，皆大王之所赐。今大王欲造灵台，又为我们百姓占验灾祥之用，我等虽肝脑涂地，亦所甘心。况仍给放工钱，人非草木，哪个不愿出力。”散宜生知民心如此，遂进内启奏。文王道：“既是军民悦服，遂传旨散给银两。”众民领讫。文王对散宜生道：“可选吉日破土兴工。”众人用心着意，搬泥运土，伐木造台。不满旬日，管工官来报完工。文王大喜，随同文武官员，排銮舆出郭，行至灵台观看，雕梁画栋，台阁巍峨。文王与众官上得灵台，四面一观。文王默然不语。时有上大夫散宜生出班奏道：“今日灵台完工，大王为何不悦？”文王道：“非是不悦。此台虽好，台下少一池，不能水火既济。若再开一池，又恐伤劳民力，故此郁郁耳。”散宜生奏道：“灵台之工，甚是浩大，尚且不日而成。何况台下一池,其工甚易。”散宜生忙传旨:“台下再开一池,以应‘水火既济’之妙。”言尚未了,只听众民大呼道:“小小池沼,有何难成,也值得大王劳心?”遂将带来锹锄,动手挑挖。忽在地中掘出一副枯骨,众人四下抛掷。文王在台上看不明白,因问道:“众人抛掷何物?”左右启奏道:“地中掘出一副人骨,故此抛弃。”文王即传旨:“将枯骨取来,放在一处,用匣盛之,埋于高阜之地。”曰:“因孤开掘池沼,致使此骨暴露,实孤之罪也。”众人听见此言,大呼道:“圣君泽及枯骨,何况我等人民,岂有不沾雨露之恩。西岐百姓真是大幸!”一时欢声雷动。文王因在灵台,看挖池沼,不觉天色已晚,回宫不及,与众人文武在台设宴,君臣共乐。席罢之后,众文武在台下安歇。文王在台上设绣榻而寝。时至三更,忽见东面一只白额猛虎肋生双翅,向帐中扑来。文王急叫左右,又听得后台一声响亮,火光冲天,不觉大惊而醒,原来却是一梦。时台下正打三更。文王自思:“此梦甚是奇异。”次日众文武上台,参见已毕。文王道:“上大夫散宜生何在?”散宜生出班礼毕道:“有何事宣召?”文王乃将昨夜所梦之事说知,散宜生躬身贺道:“此梦乃大吉兆,大王必得栋梁之臣。”文王道:“卿何以见得如此?”散宜生道:“昔殷高宗曾有异梦,得傅说于版筑之间。今大王梦虎生两翅者乃熊也,台后正是西方,火乃兴旺之象,此乃西岐大兴之兆。故此臣特欣贺。”众官听毕,亦齐齐称贺。文王传旨回宫,一心欲访贤臣,以应此兆。

且说离西岐三十五里,有一条溪,名曰“磻溪”,溪上有一老人,年已八旬,须发如银,终日在磻溪上垂竿钓鱼。此人学成满腹经纶,只因未遇明主,隐于溪上,钓鱼度日。一日正在钓鱼,只见岸边来了一个樵子,肩上挑了一担柴,走近老人面前,把柴担歇了,问道:“老丈我常见你在此执竿钓鱼,我和你时常会面的,却未曾请教你上姓贵处。”老人道:“吾乃东海许州人氏姓姜,名尚,字子牙,别号飞熊。”樵子听罢,冷笑不止。子牙道:“你姓甚名谁?为何冷笑?”樵子道:“吾姓武名吉,方才听你说别号飞熊,故而好笑。”子牙道:“人各有号,有何好笑?”武吉道:“从来高人、贤人、圣人,胸藏无限学问,如伊尹等传说之辈,方称其号。似你也有此号,名不称实,故此笑耳。”武吉言罢,复将溪边钓竿拿起,见线上那钩直而不曲,不觉又抚掌大笑不止。对子牙点头叹道:“有智不在年高,无智枉活千岁。你这般年纪,尚不晓得钓鱼须用曲钩。我今传你一法,将此针用火烧红,打成钩样,上用香饵,线上系了浮子,鱼来吞食,浮子自动,便知鱼至,往上一提,钩刺鱼鳃,方能得鲤,此是捕鱼之法。似这等钩儿,莫说三年五载,就钓百年也无一鱼到手。可见你生性愚拙,安得妄号飞熊!”子牙道:“你只知其一,不知其二。老夫在此,名虽垂钓,我是意不在鱼。不过在此守候时机。曲钩取鱼,非大丈夫所为也。宁在直中取,不向曲中求。非为锦鳞设，只钓王与侯。”武吉听罢大笑道：“你这个人，也想做王侯！看你的嘴脸，不像王侯，倒像猢狲。”子牙笑着道：“你看我的嘴脸，不像王侯，你的嘴脸，也不甚好。”武吉道：“我的嘴脸比你好些。吾虽樵夫，白日入山砍柴，入城去卖，卖得银钱，酒也有了，饭也有了，快活度日，笑口常开，你如何比得过我？”子牙道：“不是这等说。我看你左眼青，右眼红，今日进城，必定打死人命。”武吉听罢叱之道：“我和你偶尔戏语，为何出口伤人！”武吉说罢，挑起柴担，头也不回，往西岐城中卖柴去了。

行至南门，却逢文王车驾往灵台行落成之礼。文武随侍出城，两边侍卫御林军人大呼道：“千岁驾临，行人回避。”武吉挑着一担柴，因南门内街道狭窄，将柴换肩，不提防担子脱了一头，翻转扁担，把门军王相夹耳一下，即刻打死。两边人大叫道：“樵子打死了门军！”立刻拿住，来见文王。文王道：“此是何人？”两边启奏文王：“千岁，这樵子不知何故打死门军王相。”文王在銮舆中问道：“这樵子姓甚名谁？为何打死王相？”武吉奏道：“小人乃西岐良民，叫作武吉。因见大王驾临，道路狭小，无处回避，将柴换肩，误伤门军，求千岁恕罪。”文王道：“武吉既打死王相，理当抵命。”即在南门内画地为牢，竖木作吏，将武吉禁起。原来西岐地方，因文王教化普及，人民均诚实无欺，凡犯罪者只须在地上画四条界线，把犯人禁在当中，不会逃去。

当时禁了三日，不得回家，思念老母无依，必定倚门而望，若晓得我犯了杀人大罪，不知如何伤心。想到此处，不觉放声大哭。路上行人，围着观看。其时散宜生下朝回来，正在南门经过，忽听武吉哭声，因问道："你前日打死王相。杀人偿命，理之当然，为何大哭?"武吉道："小人打死王相，理应偿命，安敢恨怨。但小人有一老母，年已七十余岁。小人既无兄弟，又无妻室。老母孤身必定饿死，养子无益，子丧母亡，思之痛心，不觉放声大哭。有犯大夫，望乞恕罪。"散宜生听罢，默然良久，想："武吉打死王相，并非斗殴伤人命，乃是误伤，情有可原。"便对武吉道："你不必啼哭，我往见千岁，启奏一本，放你回去，把你母亲的衣衾棺椁，柴米养身之费，备办齐全，再来听凭治罪，以正国法。"武吉听了，含泪叩谢。

散宜生来至便殿，参见文王毕，奏道："前日武吉打死王相，禁于南门。今日臣经过是处，听得武吉大哭。臣问其故，武吉言有七十余岁的老母，只生武吉一人，既无兄弟，又无妻室，一无生机，吉遭国法，其母必冻饿而死，因此而哭。臣思王相之死，并非斗殴，系属误伤。据臣愚见，且放武吉归家，将养亲之资，以及棺椁衣衾之费，料理完毕，再来领罪。请大王旨意施行。"文王听散宜生之言，随即准行，释放武吉回家。武吉出了狱，思母心切，飞奔回来。只见母亲倚门而望，见武吉回来，忙问道："我儿因什么事，这几日才回来？我在家中，晓夜不安，又恐你在深山穷谷被虎狼所伤，使我提心吊胆，废寝忘餐。今日见你，我心方安。不知你为何事，今日方回？”武吉哭拜于地道：“母亲，孩儿不幸，前日往南门卖柴，遇文王驾至，我挑担闪躲，脱了担头，打死门军王相。文王将孩儿禁于狱中。我想母亲在家中悬望，单身只影，又无人侍奉，必定冻饿而死，故此放声痛哭。幸亏上大夫散宜生经过，问明原委，启奏文王，放我回家，置办你的衣衾棺椁、米粮之类，打点停当，孩儿就去偿王相之命。母亲，你真白养我一场了！”说罢大哭。

其母听见儿子遭此重罪，魂不附体，一把抓住武吉，泪下如雨，叹口气道：“我儿忠厚半生，孝母守分，今日遭此不幸。我儿你倘有差池，我焉能有命！”武吉道：“前一日孩儿担柴行至磻溪，见一老人，执竿垂钓，线上穿着一个针，在那里钓鱼。孩儿问他：‘为何不打弯了，安着香饵？’那老人道：‘宁在直中取，不在曲中求。非为锦鳞设，只钓王与侯。’孩儿笑他嘴脸不像王侯，他说孩儿左眼青右眼红，必打死人，确确的那日打死王相。我想那老人口毒，甚为可恶。”其母道：“那老人叫何名姓？”武吉道：“他姓姜名尚，别号飞熊。因他说出号来，孩儿故此笑他。”老母道：“此老有先见之明，必是个异人。我儿你还去求他救你。”武吉领了母命，径往磻溪来见子牙。走到溪边，只见子牙独坐垂杨之下，将钓丝漂浮在绿波上面，寂然无声。武吉走至子牙背后，款款叫声:“姜老爷!”子牙回头看见武吉道:“你是那日在此的樵夫。”武吉道:“正是。”子牙道:“你那一日可曾打死人么?”武吉慌忙跪下泣告道:“小人乃山中蠢子,不识老爷高明通达之士。那日语言冒犯,老爷乃宽大之人,望你勿切记怀。”于是把那日打死王相前后之事,说了一遍。又道:“现虽暂放回家,将来仍须抵命,母亲无人奉养,岂不终成饿殍。今日特来叩求姜老爷,万望怜救我母子之命。小人结草衔环犬马相报,决不敢有负大德!”子牙道:“杀人偿命,理之然也。我如何救得你?”武吉苦苦哀求道:“老爷无处不发慈悲,倘救得母子之命,情愿拜老爷为师,终身服侍。”说罢连连磕头。子牙道:“你既拜我为师,我不得不救你,我教你一法,过数月之后,文王于某日,带领众文武至南郊踏青寻乐。你亦至南郊,必为文王手下众官所见,拿你去见文王。你那时不必惊慌,只说是我的徒弟,文王必然赦你。万勿有误!”武吉听了连连叩谢。回家与老母说知,老母亦大喜。次日武吉去见子牙,子牙又对武吉道:“既拜吾为师,早上仍去打柴,下午须到我这里来,我教你兵法武艺。方今天下多事,学成之后,也好为国家出力,不强似打柴么?”武吉听了师父之言,不离左右,用心学习,不上几时,已精通武艺,深明韬略。将来为文王手下一员大将,这是后话不表。

光阴似箭,岁月如流,已是早春天气。文王在宫闲居无事,见日丽风和,柳舒花放,便对左右道:“三春景色,爽人心目,孤欲同诸子众卿,往南郊踏青,共赏湖山之色,再于山泽之间,访聘遗贤,以应飞熊之梦。”遂传旨:“次日驾幸南郊。”一宿无话。到次日早有武将南宫适,带领五百名家将,出南门之外布成一个围场,待文王驾至,射猎行乐。文王出得南门,见一路上桃柳争妍,莺歌燕语,自有一番明媚气象。行至一山,见罗网布成围场。许多家将披坚执锐,架鹰纵犬,热闹非常。文王见了忙问道:“此是一个围场,为何设立?”散宜生在马上欠身答道:“今日千岁游春,南将军设此围场,俟主公临幸取乐。”文王正色道:“卿言差矣！孤与卿等郊外踏青,以赏此韶华风景,今欲逞孤等之乐,追鹿逐麋,较强比胜,禽兽何辜,遭此杀戮。且当此阳春乍启,正万物发生之时,而行此肃杀之政,大非所宜。”速命南宫适将围场撤去,众人遵旨。文王与群臣缓辔前行,途中踏青士女,来往纷纭,或携酒坐溪边,或讴歌行绿野,君臣在马上看了士民安乐,也觉欣然。正迤逦行来,只见那边一伙樵子担柴而来,散宜生在马上看见内中一人,好像武吉,因想起他回家一去不来,便奏文王道:“这樵子之中,好像有狡民武吉在内。”文王闻奏遂命侍从辛免快去拿来。辛免上前,武吉把柴担卸下跪在尘埃。辛免看时果是武吉,拿来见文王,文王怒喝道:“匹夫你藐视国法,欺孤太甚！我放你回家,竟一去不来是何道理?”武吉泣拜在地,奏曰:“吉乃安分守法之人,不敢藐视国法。只因误遭人命之后,在离此三里的磻溪地方,一个垂钓老人，姓姜名尚，字子牙，别号飞熊，乃东海许州人氏，他是我的师父，教我今日来此，等候大王。”话犹未了，只见散宜生在马上欠身道：“恭喜大王！武吉今言此人别号飞熊，正应灵台之梦。望大王赦武吉之罪，令武吉先去通报，诸贤士相见。”文王依允。武吉叩头，飞奔林中去了。

文王君臣，将至林前，不敢惊动贤士，离数箭之地，文王下马，同散宜生步行入林。见武吉问道：“贤士在否？”武吉道：“方才在此，这会不见了。”文王道：“贤士可有别居？”武吉道：“前边有一茅舍。”武吉引文王驾至门前，文王以手挝门。只见一童子开门出来。文王笑问道：“老师在家否？”童子道：“不在家，出外访友去了。”文王问道：“何时回来？”童子道：“或一二日，或三五日，萍踪不定。”文王道：“吾今求贤，礼当虔敬。今日来意未诚，宜其远避。”即传命回朝，令百官都在朝中斋戒三日，同去迎请大贤。到第四日上，沐浴整衣，极其恭敬。文王端坐銮舆，命从人扛抬聘礼，武吉前行，来到磻溪，迎聘子牙。人马骤行至林下，文王传旨：“士卒暂在林下扎，不可扬声，惊动贤士。”文王下马，同散宜生步行入林，只见子牙背坐溪边。文王悄悄行至子牙身后，问道：“贤士乐否？”子牙回头见是文王，忙弃钓竿俯身伏于地道：“子民不知大王驾临，有失迎迓，望大王恕尚之罪。”文王忙扶住拜道：“久慕先生，前顾不遇，自知不恭，今特斋戒专诚拜谒，得睹先生尊颜，实天幸也。”命散宜生扶起贤士来，子牙躬身而立。文王笑着携了子牙至茅舍之中。子牙再拜。文王答拜。子牙道:“尚乃老朽菲才,不堪顾问,文不足安邦,武不足定国,荷蒙大王枉顾,实辱銮舆,有负圣意。”文王道:“先生不必过谦。吾君臣斋戒沐浴而来,专诚聘请,以辅孤共治西岐,望勿推却。”说罢,命散宜生将聘礼呈上。子牙推辞不得,命童子收了。散宜生将銮舆推过,请子牙登舆。子牙跪而言曰:“老臣荷蒙洪恩,以礼相聘,已感激不浅,怎敢乘坐銮舆,僭越名分。断然不敢!”文王道:“孤预先设此,特迓先生,必须乘坐,子牙再三推辞,文王只是不允。子牙无奈,只得坐上。文王亲手推行三步,然后命人推着,簇拥进西岐而来。万民争看,无不欢悦。文王封子牙为丞相,后来辅助武王,开周朝八百余年天下。然则治国者,必须搜罗人才,方能强盛。”古人云“所宝唯贤”。这句话真是不错的。

芦中人
国韵小小说

芦中人

东周春秋之世，南方诸国，唯楚最为强大。传至平王，为君无道，专事宴乐，不理国政，信用小人，诛戮忠良，国人心怀怨恨，而平王茫然若不知也。平王长子名建，时年已长。平王即位之后，早已立为太子，使伍奢为太师。伍奢忠直，为太子所亲信。有费无极者，素事平王，善于谄媚，平王宠之，请事太子，乃以费无极为少师。太子知其奸佞，颇疏远之。费无极即进谗言于平王，使太子将兵出镇于城父之地，又命伍奢同往，以辅太子。后来平王不悦太子建，意欲废长立幼，然太子未有过失，一旦无端见废，恐臣下不服，故虽有废太子建之意，犹迟迟未敢宣布也。

费无极正以不见信于太子，时以为忧，恐异日嗣位为王，祸必及己，知平王有废立之意，遂乘间谗于平王曰："闻太子与伍奢，有谋叛之心，使人私通齐、晋二国。齐、晋二国，已许为之助，今在城父，招军买马，非一日矣。大王不可不防。"平王本欲废建，被费无极说得动心，即欲传令废太子。无极奏曰："太子握兵在外，若传令废之，是激其反也。太师伍奢，是其谋主，不如先召伍奢，然后遣兵执太子，则祸患可除矣。"平王从其计，即使人召伍奢。太子建知事不妙，连夜逃往宋国去了。伍奢既至，平王问之曰："人言太子有叛心，汝知之否？"伍奢素性刚直，愤然对曰："太子无罪，王听小人之言，而疑及骨肉，于心何忍？"平王惭其言，叱左右执伍奢囚之。费无极奏曰："伍奢有二子，长名尚，次名员，皆非常人也，现在棠邑。若使出奔吴国，必为楚国之患。何不使其父以免罪召之？彼爱其父，必应召而来。来则尽杀之，庶免后患。"平王大喜，即命狱中取出伍奢，令左右授以纸笔，谓曰："汝教太子谋反，本当斩首；因念汝祖父，皆有功于先朝，不忍加罪。汝可写书召二子来，当改封官职，赦汝归田。"伍奢对曰："臣长子尚，为人仁厚，闻臣召必来。少子员，颇有谋略，能成大事，闻臣召，必不见信，安肯来耶？"平王曰："汝但如寡人之言，作书召之。召而不来，无与尔事。"奢不敢抗违，遂当殿作书，略云"书示尚、员二子：吾因进谏得罪，囚狱待死。幸吾王念先人之功，免我一死，已听群臣议功赎罪，改封尔等官职。尔兄弟可星夜前来。若违命迟延，我必不免。书到速速"！写毕呈上，平王看过，缄封停当，仍将伍奢收入狱中。平王遣使者驾驷马，持封函印绶，直往棠邑，来见伍尚曰："王误信人言，囚系尊公，今有群臣保举，谓君家三世忠良，宜赦其罪，王自悔过听人言，特拜尊公为相国，封二子为侯，尊公久囚初释，思见二子，故作手书，遣某奉迎。"

伍尚闻言大喜，持父书入室，来报其弟伍员曰："父幸免死，二子封侯，使者在门，弟可出见之。"伍员，字子胥，身有扛鼎拔山之勇，胸具经文纬武之才，识见高明，才器远大。

当时一闻尚言，即对尚曰："父死得免，已为至幸。二子何功，而得封侯。此诱我也。往必见诛！"尚曰："父有亲笔手书，岂相诳哉？"员曰："吾父只知忠于国家，知我必欲报仇，故欲使我并死于楚，以绝后虑。楚人畏吾兄弟在外，必不敢杀吾父。兄若误信而往，是速父之死也。"尚曰："父子之爱，恩从中出。若得见面而死，亦所甘心！"伍员仰天叹曰："与父同死，何益于事？兄必欲往，弟从此辞！"尚泣曰："弟将何往？"员曰："有能报楚国之仇者，吾即往投之。"尚曰："吾之智力，远不及弟。我当归楚，汝投他国。我以殉父为孝，汝以复仇为孝。从此各行其志，不复相见矣！"伍员拜了伍尚四拜，以当永诀。尚拭泪出见使者，言："弟不愿封侯，不能强之。"使者只得同伍尚登车而去。既见平王，王并囚之。伍奢见伍尚单身归楚，叹曰："吾固知员之不来也！"费无极复奏曰："伍员未来，宜速捕之，迟则他往，必为楚患。"平王准奏，即遣大将领精兵二百人往追伍员。员与兄别后，早知必有楚兵来追，即时收拾行李，贯弓佩剑而去。去未半日，楚兵已至，围其家，搜伍员不得，度员必东走，遂命御者疾驱追之。约行三百里，至旷野无人之处。伍员见追兵将及，乃张弓挟矢，射杀御者。来将大惧，下车欲走。伍员曰："本欲杀汝。姑留汝命，归报楚王，欲存楚国宗庙，必留我父兄之命。若其不然，吾必灭楚，亲斩楚王之头，以报此仇。"来将归报楚王，言："伍员已先逃矣。"平王大怒，即斩伍奢父子于市。奢临刑时叹曰:“伍员不至,楚国君臣,不得安枕矣。”平王谓群臣曰:“伍员虽走,必不远,宜发兵追之。”费无极进曰:“臣有一计,可绝伍员之路。”王问:“何计?”无极对曰:“一面出榜画影图形四处悬挂,不拘何人,有能捕获伍员来者,赐粟五万石,赏爵上大夫;若有容留及放纵者,全家处斩。令各路关口要道,凡遇来往行人,严加盘问。又遣使遍告列国诸侯,不得收藏伍员。使彼进退无路,纵一时不能就擒,其势已孤,安能成大事哉?”平王悉从其计。访拿伍员,各处关口,十分紧急。

再说伍子胥出走之时,心念唯有吴国可以报楚,故沿江东走,一心欲投吴国,奈路途遥远,一时难达。先是楚太子建,知太师伍奢得罪,连夜与妻子出奔宋国。子胥此时忽然想起太子建在宋,何不从之?不一日到了宋国,见太子建,抱头而哭。因宋国有乱,楚兵来救,子胥又与太子西奔郑国。后太子为郑人所杀,子胥乃携太子建之子公子胜,出了郑境,往吴国逃难。奈此处离吴更远,又惧郑人来追,一路昼伏夜行,千辛万苦,不必细述。东行数日,将近昭关。那昭关为自楚入吴要道,形势险阻,一出此关,便是大江,渡了此江,即为吴国境界,却有楚国大将带领大军,驻扎此关。

子胥望见昭关,徘徊深林之中,不敢遽进。忽一老父携杖而来,径入林中,见子胥,奇其貌,近前揖之曰:“君莫非伍氏子乎?”子胥大惊曰:“何为问及于此?”老父曰:“吾乃东皋公是也。少习医术，游于列国，今已年老，隐居于此。数日前，关上将军有恙，曾邀老夫前往医视，但见关上悬有图形，谓此是伍子胥，因得罪楚王，逃而未获，观君相貌，正与关上图形相似，是以动问。老夫绝不有祸于君，君不必惧，寒舍只在山后，请暂相过，有话可以商量。”子胥知其非常人，乃同公子胜随东皋公而行。约行数里，到一茅庄，东皋公揖子胥而入。进了草堂，子胥再拜。东皋公慌忙答礼曰："此尚非停足之处。"复引至堂后西偏，进小篱门，过一竹园，园后有土屋三间，其门如窦。低头而入，内设床儿，左右开一小窗透光，东皋公推伍子胥上座。子胥指公子胜曰："有小主在，吾当侍侧。"东皋问："何人?"子胥曰："此乃楚太子之子名胜，吾实子胥是也。以公长者，不敢隐情。"东皋公乃坐胜于上，自己与子胥东西相对，谓子胥曰："此处地甚幽静，虽住一年半载，亦无人知觉。但现在昭关设守甚严，公子与君两人，如何过去？必思一万全之策，方可无虑。"子胥下拜曰："先生何计，能脱我等于难？日后必当重报!"东皋公曰："君且宽留数日。容我待一人来，送尔过关。"子胥称谢。东皋公每日以酒食款待，一住七日，并不言及过关之事。子胥心中疑惑，寝不成寐。想要辞了东皋公前行，恐不能过关，反致惹祸。欲待再住下去，又恐耽搁时日，所待者，又不知何人。辗转寻思，甚是不安，此身如在荆棘之中。夜中卧而复起，绕室而走，不觉东方发白。忽见东皋公叩门而入，见子胥大惊曰:“足下须发,何以忽然改色?得无忧愁所致耶?”

子胥不信,取镜照之,则苍然斑白矣!乃投镜于地,失声痛哭曰:“一事未成,须发已白,天乎,天乎!将何以对吾父兄乎?”东皋公曰:“足下勿得悲伤,此乃足下之佳兆也。”子胥收泪问曰:“何谓佳兆?”东皋公曰:“足下状貌雄伟,见者易识。今须发斑白,见者一时难辨,可以混过关去。况吾老友,现已请到,吾计成矣。”子胥曰:“先生计将安出?”东皋公曰:“吾老友复姓皇甫名讷,在此西南七十里龙洞山居住。此人身长九尺,肩广八寸,仿佛与足下相似。教他假扮作足下模样,足下却扮作仆人,倘吾友被执纷论之间,足下便可混过昭关矣。”子胥曰:“先生之计虽善,但累及贵友,于心不安!”东皋公曰:“这个不妨,自有解救之策在后,老夫已与吾友备细言之。此人亦慷慨之士,直任不辞,不必过虑。”言毕,遂使人请皇甫讷至土室中,与伍子胥相见。子胥视之,果有三分相像,心中不胜之喜。东皋公又将汤药与子胥洗脸,变其颜色。待近黄昏,使子胥解其素服,与皇甫讷穿之。另有紧身褐衣,与子胥穿着扮为仆人。公子胜亦更衣,如村家牧牛小儿,跟随皇甫讷连夜往昭关而行。此时楚将坚守昭关,号令兵士:“凡有人东渡者,务要盘问明白,方许过关。”关前画有伍子胥图形可对,真是“水泄不通,飞鸟不过”。皇甫讷刚至关门,关上兵士,见其状貌与图形相似,身穿缟素,且有惊惧之状,即时盘住,入报守将。守将飞马到来,遥望之曰:"是矣!"喝令左右,一齐下手,将皇甫讷拥入关上。那些守关兵士,及关前后百姓,闻得捉了伍子胥,无不踊跃来看。子胥承此关门大开,人众拥挤之时,急急带领公子胜,杂在众人之中,混出关门。正是"鱼脱金钩,龙游大海"去了。楚将欣欣然,竟以皇甫讷为伍子胥,欲将皇甫讷绑缚拷打,责令供状,好解上楚王请功。皇甫讷辩曰:"吾乃龙洞山下隐士皇甫讷也。欲从故人东皋公出关东游,并无触犯,何故见擒?"楚将正疑惑间,忽报"东皋公来见"。乃命押在一边,请东皋公入,各叙宾主而坐。东皋公曰:"老夫欲出关东游,闻将军捉得亡臣伍子胥,特来称贺!"楚将曰:"小卒拿得一人,貌似子胥,尚未肯招承。"东皋公曰:"将军与子胥父子,共立楚朝,岂不能辨其真伪耶?"楚将未及回答,东皋公又曰:"老夫与子胥,亦尝一面,请将此人与吾辨之,便知虚实。"楚将即命取囚至前。讷望见东皋公,遽呼曰:"公约期出关,何不早至?累我受辱!"东皋公笑曰:"将军误矣!此吾乡友皇甫讷。约吾同游,定期关前相会,不意他先行一程。将军不信,老夫有过关文牒在此。"楚将大惭,亲释其缚,命酒压惊,谢曰:"此乃小卒辨认不真,万勿见怪!"东皋公曰:"将军为国执法,老夫何怪之有。"楚将又取金帛相助,为东游之资。二人称谢下关。关上将士,坚守如故。

再说伍子胥过了昭关,疾行至江边,遥望大江,茫茫浩浩，波涛万顷，无舟可渡，心中十分危急。忽见有渔舟乘流而上，子胥喜曰："天不绝我命也！"乃急呼曰："渔父渡我！渔父速速渡我！"那渔翁方欲摆渡，见岸上有人行动，乃放声而歌曰："日月昭昭乎侵已驰，与子期乎芦之漪。"歌词盖谓岸上有人，可往芦丛中待渡之意。子胥闻歌，心会其意，即往下游沿江趋走，至于芦丛之处，隐身其中。少顷，渔翁将船摆岸，不见子胥，又复放声而歌曰："日已夕矣，予心忧悲。月已驰矣，何不渡为？"歌词盖谓天色已晚，速来渡江之意。子胥闻歌，同公子胜从芦丛中钻出，渔翁急招之。二人登舟，渔翁将船一篙点开，轻荡双桨，飘飘而去。不到一个时辰，已达对岸。渔翁曰："夜来梦有将星坠于我舟，老汉知必有异人问渡，所以摆船出来，不期与子相遇。观子容貌，绝非常人，可实告我，勿相隐也。"子胥遂以姓名实告。渔翁嗟叹不已，曰："汝等面有饥色，吾往取食，汝二人饱食之后，方可行路，请在此少待。"渔翁将舟系于绿杨之下，入村取食，久而不至。子胥谓公子胜曰："人心难测，倘去聚集多人，前来擒我，奈何？"乃复隐于芦花深处。少顷，渔翁取麦饭、鱼羹至树下，不见子胥，乃高呼曰："芦中人！芦中人！吾非以子求利者也！"子胥乃自芦中出。渔翁曰："知子饥困，特为取食，奈何相避耶？"子胥曰："性命属天，今属于丈人矣。忧患所积，心中惶惶，岂敢相避？"渔翁进食，子胥与公子胜饱餐一顿，临去，解佩剑以授渔翁曰："此先王所赐，吾祖父佩之三世矣。中有七星，价值百金，以此答丈人之惠。”渔翁笑曰：“吾闻楚王有令：‘得伍子胥者，赐粟五万石，爵列上大夫。’吾不贪上卿之赏，而利汝百金之剑乎？况剑为防身之具，无剑不可以远游，是子所必需，吾无所用也。”子胥曰：“丈人既不受剑，愿乞姓名，以图后报！”渔翁怒曰：“吾以子含冤负屈，故渡汝过江。子以后报语我，非丈夫也！”子胥曰：“丈人虽不望报，我心何以自安？固请言之。”渔翁曰：“今日相逢，子逃楚难，吾纵楚贼，安用姓名为哉？万一他日天遣相逢，我但呼子为‘芦中人’，子呼我为‘渔丈人’，作为纪念可耳。”

子胥乃欣然拜谢而别，方行数步，复转身谓渔翁曰：“倘后有追兵到来，请丈人秘密其事。”渔翁叹曰：“吾为德于子，子犹见疑。倘果有楚兵，由他处渡江追来，吾何以自明？请先死，以绝子之疑！”言讫，拔舵放桨，溺于江心。子胥见渔丈人自溺，叹曰：“我得汝而活，汝为我而死，岂不哀哉！”伍子胥与公子胜遂入吴境。行至溧阳地方，腹中甚饥，正思乞食。遇一女子，方浣纱于濑水之上，筐中有饭。子胥停足问曰：“夫人可借一餐乎？”女子垂头应曰：“妾与母居，三十未嫁，岂肯售餐于行客哉？”子胥曰：“穷途之人，愿乞一饭自活！夫人行赈救之德，又何嫌乎？”女子抬头，看见伍子胥状貌魁伟，乃曰：“妾观君之貌，似非常人，岂敢以小嫌，坐视穷困而不救？”于是发筐取食，跪而进之。子胥与胜一餐而止。

女子曰:“君似有远行,何不饱食?”二人乃再餐。临行,谓女子曰:“蒙夫人活命之恩,感深肺腑。我实亡命之人,倘遇他人,愿夫人勿言。”女子凄然叹曰:“嗟乎! 妾侍寡母,三十未嫁,贞白自首,何期馈饭,乃与男子交言。败义丧节,何以为人! 子行矣。”子胥别去,行数步,回头视之,此女子抱一大石,自投水中而死。子胥见女子投水,欲救不及,伤感不已,遂自咬破指头,出血书二十字于石上,曰:“尔浣纱,我行乞,我腹饱,尔身溺。十年之后,千金报德!”写毕,复恐后人看见,掬土以掩之。过了溧阳,复行三百余里,已至吴市。但见舟车攘攘,举目无亲。乃藏公子胜于郊外,自己披发佯狂,跣足涂面,宛似乞人模样,手执斑竹箫一管,在市中吹箫,往来乞食。箫声凄切,市人闻之,无不为之动容。自伍子胥逃楚以后,无日不在困苦忧惧之中,今已逃至吴国,虽吹箫乞食而身心稍安。后来得遇吴王,身为上将,借兵伐楚,以报父兄之仇。克楚而还,遂引军击郑。郑定公以前杀太子建而困迫子胥,至是大惧,下令国中有能退敌者,吾与分国而治。有渔者之子应募退敌,候子胥军至,乃当道扣桡而歌曰:“芦中人,芦中人。”子胥闻声愕然,询:“为谁?”曰:“渔者之子,吾念前人因逢君于途,今从君乞郑之国。”子胥叹曰:“悲哉! 吾蒙子前人之恩,自致于此,上天苍苍,岂敢忘也!”遂引师而退,以报渔翁芦中相救之恩。

鱼肠剑

国韵小小说

鱼肠剑

话说吴国公子光，本应继吴王诸樊之后，不意为王僚所夺，自立为王。公子光力不能争，只好退守臣位，然心中甚是不服，阴怀杀僚之心，而王僚不觉也。公子光善于用兵，王僚用之为将，窃喜兵权在手，谋之较易，乃求善相者曰被离，举为吴市吏，嘱以访求豪杰，引为己助。一日楚国亡臣伍员字子胥，正在吴市吹箫乞食，被离闻箫声甚哀。出见子胥，大惊曰："吾相人多矣，未见有如此之貌也！"乃揖而进之，请其上座。子胥谦让不敢。被离曰："吾闻楚王杀忠臣伍奢，其子子胥，出亡在外，子殆是乎？"子胥不敢对。被离又曰："吾非祸子者。吾见子状貌非常，欲为子求富贵地耳。"子胥乃以实告。早有人知其事，报知王僚。僚召被离引子胥入见。被离一面使人报公子光得知，一面使子胥沐浴更衣，一同进谒王僚。僚奇其貌，与之语，知其贤，即拜为大夫之职。次日子胥入谢，道及父兄之冤，咬牙切齿。王僚怜之，许为兴师复仇。公子光素闻子胥智勇出众，有心收为己用，闻先谒王僚，恐为僚所信任，乃入见王僚曰："光闻楚之亡臣伍员，来奔我国，王以为何如人？"僚曰："贤而且孝。"光曰："何以见之？"僚曰："勇壮非常，与寡人谋国事，无不中窍，是其贤也。父兄之冤，刻不忘报，是其孝也。"光曰："王许其复仇乎？"僚曰："寡人怜其情，已许之矣。”光谏曰：“吴楚争兵已久，未见大胜。若为伍员兴师，是匹夫之恨，重于国耻也。胜则彼快其愤，不胜则我受其辱，必不可！”王僚以为然，遂罢伐楚之议。子胥闻之曰：“公子光方有内志，未可说以外事也。”乃辞大夫之职不受。光复言于王僚曰：“伍员以王不肯兴师，辞职不受，有怨望之心矣，必不可用。”僚遂疏子胥，听其自去，但赐以阳山之田百亩。子胥乃耕于阳山之野。公子光私往见之，赠以布帛米粟，深相结纳，问曰：“子出入吴、楚之境，遇有才勇之士如子者乎？”子胥曰：“臣何足道。所见吴国有专诸者，真勇士也！”公子光曰：“何如？”子胥曰：“前者臣初至吴境，见一壮士，与大汉厮打，众人力劝不止。”门内有一妇人唤曰：“专诸不可。”其人似有畏惧之状，即时敛手入门。臣深怪之，问于旁人曰：“如此壮士，而畏妇人乎？”旁人告曰：“此吾乡勇士力敌万人，不畏强御。适才门内唤声，乃其母也，所唤专诸，即此人姓名。专诸素有孝心，事母无违，虽当盛怒，闻母至，即止。”臣心慕此人，曾访诸其家，诚心结好，专诸入告其母，乃结为生死之交。公子欲求才勇之士，专诸是矣。光曰：“愿因子得交于专先生。”乃与子胥同车直造专诸之家，子胥指公子光曰：“此吴国长公子，久慕吾弟英雄，特来拜访，弟不可辞。”专诸曰：“诸里巷小民，何德何能，敢烦大驾。”遂揖公子光而进。公子光先拜，致生平相慕之意。专诸答拜。光奉上金帛为贽，专诸再三谦让。子胥从旁力劝，方才肯受。自此公子光使人日馈米肉，月给布帛，又不时存问其母，专诸甚感其意。一日问光曰：“诸村野细民，蒙公子厚恩，无以为报。倘有差遣，无不从命。”光乃退去左右，密告以欲刺王僚之事。专诸曰：“久受大德，本当图报。但有老母在堂，未敢以死相许。”光曰：“吾亦知之，尔母老子幼，然非尔无可相与图事者。苟成其事，君之母即吾之母，君之子即吾之子，自当尽心事养，岂敢有负于君哉？”专诸沉思良久，对曰：“凡事轻举无功，必谋万全。欲刺王僚，必先投王所好，方能近王之身。不知王有何好？”光曰：“好味，味中尤好鱼炙。”专诸曰：“诸请暂辞。”光曰：“尔将何往？”专诸曰：“往学烹鱼，为近吴王计耳。”专诸遂往太湖边学炙鱼。阅三月，食其鱼者，皆以为美。然后复往见公子光，光乃藏专诸于府中。召伍子胥谓之曰：“专诸学炙鱼，已精其味，何以得近吴王？”子胥曰：“譬如鸿鹄，所以不可制者，以其有羽翼耳。欲制鸿鹄，必先去其羽翼。吾闻王公子庆忌，手能格飞鸟，走能及奔马，筋骨如铁，万夫不当；其母弟掩余、烛庸二人，并握兵权：虽有擒龙杀虎之勇、鬼神不测之谋，安能济事？公子欲除王僚，必先去此三子，然后大事可图。不然，幸而成事，公子能安然在位乎？”公子光俯思半晌，起曰：“君言是也。君且归田，俟有机会，再当相议耳。”子胥乃辞去。其时楚平王得心疾而死，子胥闻之，捶胸大哭，终日不止。人怪而问曰：“楚王乃子之仇人，今闻其死，正当快心，何反哭之?”子胥曰:“我非哭楚王也,恨吾不能斩彼之头,食彼之肉,以雪此恨,使彼得善终耳。”子胥愈想愈恨,一连三夜无眠,心中想出一计,来见公子光曰:“公子欲行大事,何竟无间可乘耶?”光曰:“昼夜思之,未得其便。”子胥曰:“今楚王新殁,朝无良臣,公子何不奏过吴王,乘楚丧乱之中,发兵南伐,可以图霸?”光曰:“倘遣吾为将,奈何?”子胥曰:“公子可诈为堕车而得足疾者,王必不遣。然后荐掩余、烛庸为将,更使公子庆忌,结连郑、卫两国之兵,共攻楚国。此一网而除三翼,吴王之死期至矣。”公子光不觉下拜曰:“吾得子胥,乃天赐也!”次日以乘丧伐楚之利,入言于王僚,僚欣然听之。光曰:“此事本来臣当效劳,奈因堕车伤足,方就医治,不能任劳。”僚曰:“掩余、烛庸可乎?”光曰:“得人矣。”光又曰:“小国之附楚者尚多,若遣公子庆忌,往连郑、卫之兵,并力攻楚,可获大胜。”王僚大喜,即命掩余、烛庸率师伐楚,却不遣公子庆忌。掩余、烛庸引师二万,水陆并进。楚人闻之,亦起水陆两师相御。数月之间,吴师未能取胜。公子光进言曰:“楚兵尚强,掩余、烛庸日久无功。臣向欲连郑、卫之兵,正为此也。今日遣之,尚未为晚。”王僚乃使庆忌,纠合郑、卫之兵攻楚。是时王僚手下亲信诸人,俱已调开,单留公子光在国。伍子胥乃谓光曰:“公子曾觅得利剑乎?欲用专诸,此其时矣。”光曰:“先君赐我一剑,名鱼肠,形虽短狭,砍铁如泥。”遂出剑以示子胥,子胥夸奖不已。即召专诸，以剑付之。专诸不待开言，已知公子之意，慨然曰："王，信可杀也。但生死之际，不敢自主，俟禀过老母，方敢从命。"光曰："善。"专诸归视其母，不言而泣。母曰："儿今日何悲也？岂公子欲用汝耶？吾举家受公子厚恩，大德当报，忠孝岂能两全，汝速往，勿以我为念！汝能成人之事，垂名后世，我死亦不朽矣。"专诸犹依依不舍。母曰："吾思饮清泉，可于河下取之。"专诸奉命取泉于河，比及回家，不见老母在堂，问其妻。妻对曰："姑适言困倦，闭户思卧，戒勿惊之。"专诸心疑，启牖而入，则老母已自缢于床上矣。专诸痛哭一场，收拾殡葬，来见公子光，言母死之事。光十分过意不去，安慰一番。然后复论及王僚之事。专诸曰："公子何不设宴以请吴王？王若肯来，事八九济矣。"光从之。入见王僚曰："有庖人从太湖来，新学炙鱼，味甚鲜美。请王辱临下舍而尝之！"王僚生平最好炙鱼，遂欣然许诺，曰："来日当至王兄府上，不必过费。"光是夜预伏甲士于窟室之中，再命子胥暗约死士百人，在外接应。于是大张饮具。次早复请王僚。僚入宫，告其母曰："公子光具酒相邀，得毋有他谋乎？"母曰："不去则生闲隙；若严为之备，又何惧哉！"王僚于是被甲三重，陈设卫兵，自王宫起，直至光家之门，街衢皆满，接连不断。僚驾及门，光迎入拜见。既入席，光侍坐于旁。僚之亲近，布满堂阶。庖人献馔，皆从庭下搜检更衣，然后膝行而前。光上觞致敬，忽作痛苦之状，乃前奏曰："光足疾举发，痛彻心髓，必用大帛缠紧，其痛方止。幸王宽坐须臾，容裹足便出。”一步一颠，入内去了。少顷，专诸告进鱼炙，搜检如前。谁知这口鱼肠短剑，已暗藏于鱼腹之中。专诸膝行至前，用手擘鱼以进，忽地抽出短剑，直刺王僚之胸。十分之重，贯过三层坚甲，透出背脊。王僚大叫一声，登时气绝。侍卫力士一齐拥上，刀戟并举，当将专诸砍做肉酱，堂中大乱。公子光在窟室中，知事已成，乃纵甲士杀出。僚众一半被杀，一半奔逃，其所设军卫，俱被子胥引众杀散。即奉公子光升车入朝，聚集群臣，将王僚背约自立之罪，宣布国人：“今日非光贪位，实王僚之不义也。”于是公子光手下一班臣子，均请即位。公子光乃即吴王之位，自号阖闾。收拾王僚尸首，殡葬如礼。又厚葬专诸，封其子专毅为上卿。封伍子胥为行人之职，待以客礼而不臣。相者被离，举荐子胥有功，亦升大夫之职。散财发粟，以振穷民，国人安之。掩余、烛庸闻得此事，皆弃去军马，投奔他国去了。唯公子庆忌逃奔在外，招纳死士，结连邻国，意欲伐吴报仇。吴王阖闾闻其谋，谓子胥曰：“昔专诸之事，寡人全得子力。今庆忌有谋吴之心，寡人食不甘味，坐不安席。庆忌若存，犹王僚之未死也。若更有专诸其人者，事可了矣。”子胥曰：“臣向时所厚有一细人，似可与谋。”阖闾曰：“庆忌力敌万人，岂细人所能胜任哉？”子胥对曰：“是虽细人，实具万人之勇。”阖闾曰：“其人为谁？子何以知其勇？试为寡人言之。”

子胥曰："其人姓要名离，吴人也。臣昔见其折辱壮士于座上，壮士含愧出席而去。要离至晚还家，谓其妻曰：'我今日于大庭广众之间，面辱一壮士，今夜必来杀我，以泄其愤。我当僵卧室中，以待其来，慎勿闭门。'那壮士果于夜半挟利刃，径造要离之家，见门扉不掩，堂户大开，直趋其室。见一人垂手散发，临窗僵卧，视之，乃要离也。壮士以剑承要离之颈，数之曰：'汝有当死者三，汝知之乎？'离曰：'不知也。'壮士曰：'汝辱我于众人之前，一死也；归不闭门，二死也；见我而不起避，三死也。汝自求死，勿以我为怨！'要离曰：'我无三死之过，尔有三不肖之愧，尔知之乎？'壮士曰：'不知。'要离曰：'吾辱尔于众人之前，尔不敢出一言，一不肖也；入门不咳，登堂无声，有掩袭之心，二不肖也；以剑承吾之颈，尚敢大言，三不肖也。尔有三不肖，而反责我，不亦鄙哉？'壮士乃收剑叹曰：'吾之勇，自计世人莫有及者，要离乃出吾之上，真天下之勇士矣。吾若杀之，岂不贻笑于人？乃投剑于地，以头触柱而死。方其在席之时，臣亦在座，故知其详。若要离者，岂非有万人之勇乎？"阖闾曰："是又一专诸矣，子可为我召之。"子胥乃往见要离曰："吴王久慕吾子高义，欲一见颜色，特来劝驾，请即同行。"离惊曰："吾乃吴下小民，身无寸长，不敢奉命。"子胥再三相劝，并申吴王殷殷欲见之诚，万勿固辞。要离乃随子胥入谒。阖闾初闻子胥夸张要离之勇，意必状貌魁伟，不同常人，及见离身材仅五尺余，腰大一束，形容丑陋，大失所望，心中不悦。问曰："子胥称勇士要离，乃子乎？"离曰："臣小细无力，迎风则伏，负风则僵，何勇之有。然大王有所遣，不敢不尽力。"阖闾默然不言。子胥已知其意，奏曰："要离形貌丑陋，其智术非常，非此人不能成事，王勿失之！"阖闾乃延入后宫赐坐。要离进曰："大王意中所患，得非亡王之公子乎？臣能近庆忌，刺之如割鸡耳。"阖闾曰："庆忌明智之人，岂有轻信国中之客而近子哉？"要离曰："庆忌招纳亡命，将以害吴。愿王戮臣妻子，断臣右手，臣诉以负罪出奔。庆忌必信臣，而臣可以近庆忌矣。"阖闾愀然不乐曰："子无罪，吾何忍出此？"要离曰："臣闻'安妻子之乐，不尽事君之义，非忠也；怀室家之安，不能除君之患，非义也'。臣得以忠义成名，虽举家就死，其甘如饴矣！"阖闾许之。次日，子胥同要离入朝，子胥荐要离为将，请兵伐楚。阖闾骂曰："寡人观要离之力，不及一小儿，何能胜伐楚之任哉！况寡人国事粗定，岂堪用兵？"要离进曰："不仁哉，王也！子胥为王定吴国，王乃不许子胥报仇乎？"阖闾大怒曰："此国家大事，岂汝野人所知？况汝乃新进小臣，敢当朝责辱寡人，狂悖已极！"呼力士执要离断其右臂，囚于狱中，再遣人收其妻子。群臣叹息而出，皆不知其由。过了数日，子胥密谕狱吏，宽要离之禁，要离乃乘间逃出。阖闾遂戮其妻子，焚弃于市。要离奔出吴境，一路上逢人诉冤，访得庆忌在卫，遂至卫国求见。庆忌疑而不纳，要离乃脱衣示之。庆忌见其右臂果断，方信为实，乃问曰："吴王既杀汝妻子，刑汝之躯，今来见我，意欲何为？"离曰："臣闻吴王杀公子之父，而夺大位，今公子联结诸侯，将有复仇之举，故臣以残命相报。臣能知吴国之情，诚以公子之勇，用臣为助，吴可入也。公子报父仇，臣亦少雪妻子之耻！"适有心腹从吴中探事者，归报要离妻子果焚弃于市。庆忌遂坦然不疑，问要离曰："吾闻吴王任伍子胥为谋士，伯嚭练兵选将，国中大治。吾兵微力薄，焉能泄胸中之气乎？"离曰："伯嚭乃无谋之徒，何足为虑？吴王只一子胥，智勇足备，今亦与吴王有隙矣。"庆忌曰："子胥乃王之恩人，君臣相得，何云有隙？"要离曰："公子但知其一，未知其二。子胥所以尽心于阖闾者，欲借兵伐楚，以报父兄之仇耳。今楚平王已死，费无极亦亡，阖闾得位，安其富贵，不思与子胥复仇，臣为子胥进言，致触王怒，加臣惨戮，子胥之心怨吴王明矣。臣之幸脱囚系，亦赖子胥周旋之力。子胥嘱臣曰：'此去便见公子，观其志向何如，若肯为伍氏复仇，愿为公子内应，以赎窟室同谋之罪。'公子不趁此时发兵向吴，若其君臣复合，公子与臣之仇，俱无再报之日矣！"言罢大哭，以头抵柱，欲自触死。庆忌止之曰："吾听子！吾听子！"遂任要离为心腹，使之训练士卒，修治舟舰。三月之后，顺流而下，欲袭吴国。庆忌与要离同舟，行至中流，后船相离稍远。不相接属。要离曰："公子可亲坐船头，督饬舟人。"庆忌来至船头，要离双手执短矛侍立。忽然江中起一阵怪风,要离转身立于上风,突然以矛刺庆忌,透入心窝,穿出背外。庆忌倒提要离,溺其头于水中,如此三次,乃抱要离置于膝上,顾而笑曰:“天下有如此勇士,敢加刃于我!”言毕,推要离于膝下,自以手拔矛出,血流如注而死。临死时,戒左右勿杀要离,以成其名。左右乃释放要离,要离不肯行,谓左右曰:“吾有三不容于世,虽公子有命,吾敢偷生乎?杀妻子而求事吾君,非仁也;为新君而杀故君之子,非义也;欲成人之事,而致于残身灭家,非智也。有此三恶,有何面目立于人世哉?”遂投于江而死。众人收要离尸体并庆忌之尸来投吴王阖闾。阖闾大悦,重赏众人,收于行伍;以公子之礼葬庆忌于王僚之墓侧;以上卿之礼葬要离于阊门之外,追赠其妻子,与专诸同立庙,岁时祭祀。以上专诸刺王僚,要离刺庆忌,两件大事,皆伍子胥一人之谋也。子胥报仇心切,然欲出兵伐楚,必须先除内患。今幸内患已除,则伐楚报仇之事,自可得请于吴王矣。

吴宫教战

吴宫教战

吴国公子庆忌既死，吴王阖闾大喜，大宴群臣，谓伍子胥曰："今日之乐，皆子之功也。今寡人欲强国图霸，如何而可？"子胥顿首垂泪而对曰："臣，楚国之亡虏也，父兄死楚，骸骨不葬，含冤忍辱，来归大王。幸大王不加诛戮。今楚王已死，此仇未报，方寸多乱，尚何能与谋国政乎？"时有楚人伯嚭者，亦以楚杀其父，逃奔吴国，与子胥同任吴朝，亦于吴王前泣请伐楚。阖闾曰："寡人欲为二卿出兵伐楚，谁人为将？"子胥曰："臣举一人，可保必胜。其人生长吴国，姓孙名武，精通韬略，自著兵法十三篇，世人莫能知，隐于罗浮山下。诚得此人为军师，天下莫敌，何论楚哉？"阖闾曰："卿试为寡人召之。"子胥对曰："此人不轻仕进，必须以礼聘之。"阖闾乃取黄金十镒、白璧十双，即以子胥为使，驾驷马高车，往罗浮山延聘孙武。子胥见孙武，备道吴王钦慕之意。孙武曰："慕君至行，愿助一臂。"乃相与出山，同见阖闾。阖闾降阶相迎，登堂赐坐，问以兵法。孙武将所著十三篇，次第上进。阖闾读之，顾子胥曰："观此兵法，真通天彻地之才也。但恨寡人国小兵微，如何而可？"孙武对曰："臣之兵法不但可施于将士，虽妇人女子，奉吾军令，亦可驱而用之。王如以臣言为迂，请将后宫侍女，与臣试之。令如不行，可治臣以欺罔之罪。"

阖闾闻言，即召宫女三百，令孙武操演。孙武曰："得大王宠姬二人，以为队长，然后号令有所统一。"阖闾又宣宠姬二人，名曰左姬、右姬，指谓武曰："此寡人所爱，可充队长乎？"孙武曰："可矣。然军旅之事，先严号令，次行赏罚，虽小事，不可废也。请立一人为执法，主法令；二人为军吏，主传谕之事；二人值鼓；力士数人，充为牙将，执斧钺刀戟，列于坛上，以壮军容。"阖闾许于军中选用。孙武吩咐宫女，分为左右二队，右姬管领右队，左姬管领左队，各披挂持兵。示以军法："一不许混乱行伍，二不许言语喧哗，三不许违背约束。"明日五鼓，皆集于校场听操。一个个披甲戴胄，右手执剑，左手持盾。左姬右姬，顶盔衣甲，充作将官，分列两边。孙武升帐，亲自指示，布成阵势，使传谕官将黄旗二面，分授二姬，令执旗为前导；众女跟随队长之后，五人为伍，十人为总，各要步迹相继，随鼓进退，左右回旋，寸步不乱。传谕已毕，令二队伏地听令。少顷，下令曰："闻鼓声一通，两队齐起；闻鼓声二通，左队右旋，右队左旋；闻鼓声三通，各挺剑舞盾为争战之势。听鸣金，然后收队而退。"众宫女皆掩口嬉笑。鼓吏禀："鸣鼓一通。"宫女或起或坐，参差不齐。孙武离席而言曰："约束不明，申令不信，将之罪也！"使军吏再申前令。鼓吏复鸣鼓，宫女咸起立，倾斜相视，其笑如故。孙武乃揎起双袖，亲自操桴击鼓，又申传前令，二姬及宫女无不笑者。孙武大怒，唤："执法官何在？"执法者前跪。孙武曰："约束不明，申令不信，将之罪也，既已约束再三，而士不用命，士之罪矣！于军法当如何？"执法官曰："当斩！"武曰："士难尽诛，罪在队长。"顾左右，即将女队长斩首示众。左右不敢违令，将左右二姬绑缚。

阖闾正在云台上，看孙武操演，忽见绑其二姬，急使伯嚭持节驰救之。武曰："军中无戏言。臣已受命为将，将在军，虽君命不从，速斩二姬，悬其首于军前。"于是二队宫女，无不失色，不敢仰视。再取二人为左右队长，重复申令击鼓。一鼓起立，二鼓旋行，三鼓合战，鸣金收军。左右进退，回旋往来，皆中规矩，丝毫不乱，自始至终，寂然无声。乃使执法往报吴王曰："兵已整齐，愿王观之。虽使赴汤蹈火，亦不敢退避矣。"阖闾虽痛此二姬，却心爱孙武能军，乃封孙武为上将军，号为军师，委以伐楚之事。伍子胥献谋曰："凡用兵者，必先明于劳逸之数。楚之执政，皆贪庸之辈，莫肯任患，请为三师以扰楚。我出一师，彼必皆出，彼出则我归，彼归则我复出，使彼力疲而卒惰，然后猝然乘之，无不胜矣。"阖闾以为然，乃分为三军，迭出以扰楚境。楚将兵来救，吴兵即归，楚人苦之，然尚未深入楚地也。时有蔡、唐二国，本为楚之属国，因怨楚无故见伐，共使人求救于吴。子胥引见吴王曰："蔡、唐二君，以怨楚之故，愿为前驱，此机不可失也！"孙武闻之，亦入见曰："楚之所以难攻者，以属国众多，未易直达其境也。今属国之怨楚者，不独唐、蔡，楚之势孤矣。兴师伐楚,此其时也。”阖闾大悦,即令太子居守,使孙武为大将,子胥、伯嚭副之。悉起吴兵六万,号称十万,从水路渡淮,直抵蔡国。蔡侯迎接吴王,泣诉楚君臣之恶。未几唐君亦到。二君愿为左右翼,相从灭楚。临行时,孙武忽传军士登陆,将战舰尽留淮水之曲。子胥私问舍舟之故,孙武曰:“舟行水逆而迟,使楚人得预为之备,不易破矣。”子胥服其言。大军自江北直趋汉阳。楚军屯于汉水之南,吴军屯于汉水之北,两军相持数日。楚将史皇,献计于楚令尹囊瓦曰:“吴人舍舟登陆,违其所长,宜渡江击之。”囊瓦从其言,遂传令三军,渡过汉水,列阵成势。史皇出兵挑战,孙武使先锋夫概迎之。吴兵甚勇,史皇大败而回。囊瓦责之,史皇又请领兵于夜半直劫吴王大寨,以建大功。囊瓦又从之。岂知早为孙武所预料,又杀得大败。囊瓦引兵驰救,岂料囊瓦驻扎之大营,被子胥所劫,史皇不知下落。囊瓦惊得心胆俱碎,引了败兵,连夜奔逃,直到柏举地方,方才驻足。

楚人怨恨囊瓦之不能用兵,将士不和,三军皆无斗志,于是连战皆败。楚军不支,退入郢都,孙武引兵渡江而南,引漳江之水,筑起水坝,灌入纪南城中,水势浩大,连郢都城下,一望有如江湖。楚昭王知郢都难守,弃城而逃。楚将子西、子期等闻之,只得同百官出城保驾。郢都无主,不攻自破。孙武遂奉阖闾入郢都,使人掘开水坝,放水归江,合兵以守四郊。子胥言于吴王:“欲得楚之宗庙,尽行拆毁。”孙武进曰:“兵以义动,方为有名。楚都已破,而故太子建之子公子胜犹在吴国,若立之为君,使主宗庙,以更昭王之位。楚人怜故太子无罪被废,必然相安,而公子胜心怀吴德,世世贡献不绝。王虽赦楚,犹得楚也。”阖闾贪于灭楚,不听孙武之言,乃焚毁其宗庙。置酒章华之台,大宴群臣,群臣皆喜,唯子胥仍哭泣不已。阖闾曰:“卿报楚之志已酬矣,又何悲乎?”子胥含泪对曰:“平王已死,楚王复逃,臣父兄之仇,尚未报万分之一也。”阖闾曰:“卿欲如何?”对曰:“乞大王许臣掘平王之冢墓,开棺斩首,方可泄臣之恨。”阖闾曰:“卿为德于寡人多矣,寡人何爱于枯骨,不以慰卿之私耶?”遂许之。

子胥乃访求平王之墓,在东门外寥台湖,即引本部兵前往。但见平原衰草,湖水茫茫,并不见墓之所在。使人四出搜觅,亦无踪影。子胥乃捶胸仰天而号曰:“天乎,天乎!不令我报父兄之冤乎?”忽有一老叟至前,揖而问曰:“将军欲得平王之冢,何故?”子胥曰:“平王昏暴,太子被废,杀戮忠良,信用奸佞,致吾父兄含冤地下。吾生不能加兵其颈,死亦当戮其尸,以报父兄之仇。”老叟曰:“平王自知多怨,恐人发掘其墓,故葬于湖中。将军必欲得棺,须涸此湖水而求之,乃可得也。”因登寥台,指示其处。子胥使善泅之士入水求之,于台东果得石椁。乃令军士各负沙土一囊,堆积墓旁,遏住流水,然后凿开石椁,得一棺,甚重,发而视之,内唯衣冠，及精铁数百斤而已。老叟曰：“此疑棺也，真棺尚在其下。”更去一层石板，果然又有一棺。子胥令毁棺，拽出其尸，验之，果平王之尸身也。当时用水银殓过，肤肉不变。子胥一见其尸，怨气冲天，手持九节铜鞭，鞭之三百，肉烂骨折。于是左手揕其腹，右手抉其目，数之曰：“汝生时枉有目珠，不识忠佞，听信谗言，杀我父兄，岂不冤哉！”遂断平王之头，毁其衣裳，并将棺椁尸骸，一同弃之原野。因问老叟曰：“子何以知平王葬处，亦其棺木之诈？”老叟曰：“我非他人，乃石工也。昔平王令吾石工五十余人，造筑是冢，冢成之后，恐石工等泄漏其事，尽将诸石工杀死冢内，独老汉私逃得免。今日感将军孝心诚切，特来指示，亦为五十余冤鬼，稍偿其恨耳。”子胥乃取金帛厚酬老叟而去。子胥以囊瓦出奔在郑，疑昭王亦在郑，且郑人昔杀故太子建，此仇未报，遂移兵伐郑。郑人大惧，乃下令于国中曰：“有能退吴军者，寡人愿与分国而治。”悬令三日。

时渔丈人之子，适在郑城之中，闻吴军主将为伍子胥，乃求见郑君，自言能退吴军。郑君曰：“卿退吴军，用兵几何？”对曰：“臣不用一兵，只要与臣一桡，行歌道中，吴兵自退。”郑君不信，然一时无计，只得使左右以一桡授之。渔丈人之子缒城而下，直入吴军营前，叩桡而歌曰：“芦中人！芦中人！腰间宝剑七星文，不记渡江时，麦饭饱鱼羹？”军士拘之来见子胥。其人歌“芦中人”如故。子胥惊问曰：“足下何人?”其人举桡而对曰:“将军不识吾手中所操乎?吾乃渔丈人之子也。”子胥恻然曰:“汝父因吾而死,正思报德,恨无其路。今日幸得相遇,汝歌而见我,意欲何需?”对曰:“别无所需也。郑国惧将军兵威,令于国中‘有能退吴者,与之分国而治’。臣念先人与将军患难相遇,今欲从将军,乞赦郑国。”子胥仰天叹曰:“嗟乎!某之得有今日,皆渔丈人所赐,苍天在上,岂敢忘也!”即日下令解围而去。渔丈人之子回报郑君。郑君大喜,乃以大里之地封之,国人称之曰“渔大夫”。子胥既解郑国之围,还军楚境,遣人四出访求昭王甚急。先是子胥逃楚,尚未出境之时,中途遇见故人申包胥。包胥问子胥何故独行,狼狈至此?子胥把平王枉杀父兄之事,哭诉一遍。包胥闻之,恻然动容问曰:“子今何往?”子胥曰:“吾闻‘父母之仇,不共戴天’。将往他国,借兵伐楚,生嚼楚王之肉,方泄此恨!”包胥曰:“吾欲教子报楚,则不忠;教子不报,又陷子于不孝。子勉之。朋友之义,吾必不泄于人。然子能危楚,吾必能安楚;子能覆楚,吾必能复楚。”此时申包胥自郢都破后,逃难在外,闻子胥掘墓鞭尸,复求楚王,乃遣人致书于子胥,略曰:“子故平王之臣,北面事之,今乃僇辱其尸,虽云报仇,不已甚乎?物极必反,子宜速归。不然,包胥当践复楚之约。”

子胥得书,沉吟半晌,乃谓来使曰:“今因军务匆匆,不能答书,借汝之口,为我致谢申君:‘忠孝不能两全,吾日暮途远,故倒行而逆施耳!'"使者回报,申包胥曰:"子胥灭楚必矣。吾不可坐而待之。楚平王夫人,乃秦哀公之女。楚昭王,乃秦之甥。秦楚有至戚相关,要解楚难,非秦不可。"即无暇整理车马仆从,只身拔步而行,昼夜西驰,足趾俱开,步步流血,裂裳而裹之。奔至秦都,来见秦哀公曰:"吴贪如封豕,毒如长蛇,久欲蚕食诸侯,兵自楚始。寡君失守社稷,逃于草莽之中,特命下臣,告急于上国,乞君念甥舅之情,出师救之。"秦哀公曰:"秦国兵微将寡,自保不暇,安能救人?"包胥曰:"秦、楚连界,楚国遭兵,而秦不救,吴若灭楚,次将及秦,君之存楚,亦以固秦也。"秦哀公意犹未决,曰:"大夫姑就馆舍,容寡人与群臣商之。"包胥对曰:"寡君越在草莽,未得安居,下臣何敢就馆自便乎?"时秦哀公长夜饮酒,不恤国事。包胥请命愈急,哀公终不发兵。包胥乃不脱衣冠,立于秦庭之中,日夜号哭,不绝其声,七日七夜,水浆不入其口。哀公闻之,大惊曰:"楚臣之急其君难,一至是乎?楚有贤臣如此,吴犹欲灭之;寡人无此贤臣,吴岂能相容哉?"为之流涕,许以出师。申包胥顿首称谢,然后进食。

秦哀公命大将子蒲、子虎,率车五百乘,从包胥救楚。包胥曰:"吾君奔在随国,望秦师之相救,不啻大旱之望雨。胥当先往一程,报知寡君。将军由此东行,五日可至襄阳。而胥以楚之余众前来,不出三日,亦可相会。吴恃其胜,军有骄心,必不为备,军士在外,日久思归,若破其一军,自然瓦解矣。”子蒲曰:“吾兵不熟路径,必须楚兵为前导,大夫不可失期。”包胥辞了秦师,星夜至随,来见昭王,言:“臣至秦,请得秦兵,已出境矣。”昭王大喜。时楚将子西、子期等,均在随国,收拾余兵,并起随国之众,一齐进发。秦师屯于襄阳,以待楚师。申包胥引子西、子期等,与秦师相见。楚兵先行,秦兵在后,忽遇吴国先锋夫概之兵。子蒲谓包胥曰:“子率楚师先与吴战,吾当自后会之。”包胥便与夫概交锋。夫概恃勇而骄,视包胥如无物,约斗十余合,未分胜败。子蒲、子虎驱兵大进,夫概望见旗号,有一秦字,大惊曰:“西兵何得至此?”急急收兵,已折大半。子西、子期,乘胜追逐五十里方止。夫概奔回郢都,来见吴王,盛称秦兵势锐,不可抵挡,阖闾有惧色,急请孙武、子胥等,商议退秦之策。孙武进曰:“兵凶器,战危事,可暂而不可久也。且楚土尚广,人心未肯服吴,臣前请立公子胜以存楚者,正虑今日之变耳。为今之计,不如遣使与秦通好,许复楚君。王割楚之西鄙,以益吴疆,君亦不为无利。”子胥知楚王一时必不可得,亦以武言为然。

时阖闾与孙武、子胥商议班师之策,忽报:“楚军中有人送书到来。”子胥取书一阅,乃申包胥所遣也。书略云:“子君臣据郢多时,而不能定楚,天意不欲亡楚,亦可知矣。子能践覆楚之言,吾亦欲偿复楚之志,朋友之义,相成而不相伤。子不竭吴之威,吾亦不尽秦之力。”子胥以书示孙武曰:

“吴以数万之众，长驱入楚，毁其宗庙，鞭死者之尸，处生者之室，自古人臣报仇，未有如此之快者。且秦兵虽败我余军，于我未有大损也。兵法‘见可而进，知难而退’，吾今可以退矣。”武曰：“空退为楚所笑，何不以公子胜为请？”子胥曰：“善。”乃复书曰：“平王逐无罪之子，杀无罪之臣，某实不胜其愤，以至于此。今故太子建之子胜，流寓在吴，未有寸土。楚若能归胜，使奉故太子之祀，敢不唯命，以成吾子之志。”申包胥得书，言于子西。子西曰：“封故太子之后，正吾意也。”即遣使迎公子胜于吴，以楚王之命，封以大邑。楚使既发，吴遂班师而还。凡楚之府库宝玉，满载以归，又迁楚境户口万家，以实吴空虚之地。子胥使孙武从水路先行，自己从陆路，欲访故人，以报前德。经过历阳山，是前过昭关之时，幸得东皋公与皇甫讷两人，设计相救。欲求东皋公报之，寻至其处，则向时草堂土室，俱不存矣。又记得皇甫讷隐于龙洞山，寻之亦无踪迹。子胥叹曰：“真高士也！”就其地再拜而去。复过溧阳濑水之上，曰：“吾尝饥困于此，向一女子乞食，女子投水而死。曾题字石上，未知在否？”使左右发土，石上字迹，宛然未灭。欲以千金报之，未知其家，乃命投金于濑水中，曰：“女子有知，明吾不相负也！”后人即名其水为投金濑。吴师返国以后，阖闾论破楚之功，以孙武为首。孙武不愿居官，固请还山。阖闾使子胥留之。孙武私谓子胥曰：“吴王恃其强盛，四境无事，骄乐必生。功成不退，将有后患。吾非徒自全，并欲全子，子其思之。”子胥不谓然。武遂飘然而去。后不知所终。阖闾乃拜子胥为相国，伯嚭为太宰，同预国政。兵威大振，远近诸侯，无不闻而畏之。

卧薪尝胆
国韵小小说

卧薪尝胆

却说春秋时吴王阖闾，自胜楚以后，国威大振。以伍子胥为相国，伯嚭为太宰，兵强国富，远近诸侯，无不畏服。时阖闾年老，急欲征服越国，因越国前此乘吴代楚之时，曾引兵袭吴，故尝恨之，至是越王允常薨，子勾践新立，遂欲乘丧伐越。伍子胥谏曰："越国虽有袭吴之罪，然方有大丧，伐之不祥，宜少待之！"阖闾不听，留子胥与太孙夫差守国，自引伯嚭等一班将士，选精兵三万深入越境。越王勾践，亲自督师御之。两军正在交战之际，忽越军中一箭飞来，正中阖闾右足，受伤而倒。军中见王受伤，一时未知生死。军心一慌，即大败而退，乃传令班师。未及回国，阖闾伤势骤重，大叫一声而亡。

吴太孙夫差得知消息，即日前去迎丧，成服嗣位，卜地安葬，立长子友为太子。痛乃祖之死，深恨越人不已，乃使侍者十人，更番立于庭中，每日出入，必命侍者大呼其名而告曰："夫差！尔忘越人杀尔之祖乎？"夫差即泣而谢曰："不敢！"时时如此，未尝稍懈。命子胥、伯嚭练水师于太湖，又立射栅以教射，俟三年丧毕，即为报仇之举。三年之后，夫差除了丧服，与子胥、伯嚭商议伐越。子胥对曰："军旅训练已久，可以一战。"夫差大喜，择日祭告太庙，兴师五万，使子胥为大将，伯嚭副之，从太湖取水道攻越。越王勾践闻得吴王亲领大兵,来报前仇,大恐,即集群臣计议退吴之策。越有大夫范蠡,字少伯,临机应变,足智多谋,当时出班奏曰:“吴人耻丧其君,誓欲图报者,三年于兹矣,积愤既久,人心齐一,不可挡也,宜敛兵为坚守之计。”大夫文种,字会,有抚民治国之才,亦出班奏曰:“以臣愚见,莫若卑词谢罪,以乞其和,俟其兵退,而后图之。”勾践曰:“二卿言守言和,皆非至计。夫吴国,吾世仇也,今兴师伐吾,而吾不能与之一战,是示之以弱,益为吴所轻,越将何以立国?”遂不听二人之言。悉起国中丁壮,共得三万人,迎战于椒山之下。吴王立于船头,亲自击鼓督战,将士勇气百倍。越兵素欠训练,早已望而生畏。忽北风大起,波涛汹涌,子胥、伯嚭各乘大舰,顺风扬帆而下。箭如飞蝗般射来,越兵迎风,更难抵敌,杀了一阵,大败而奔。吴兵乘胜追逐,越兵死伤,不计其数。勾践奔至固城,留范蠡坚守。自率残兵,奔至会稽山,才剩得五千余人,叹曰:“越自先王以来,未尝有此败也!悔不听范、文二大夫之言,以至于此。”

文种献计曰:“事急矣! 及今请成,犹可及也。”勾践曰:“吴不许和,奈何?”文种曰:“吴有太宰伯嚭,其人贪财好色,心多猜忌,虽与子胥同朝,而志趣不合。若能结其欢心,与定行成之约,太宰言于吴王无不听。子胥虽知而阻之,亦无及矣。唯欲坚吴王之信,必须大王夫妇随之入吴,大王宜忍辱为之。”勾践叹曰:“事已至此,更无他策,此事非卿不可。”

文种受命，即选美女八人，盛其容饰，加以白璧十双、黄金千镒，夜造太宰之营求见。太宰伯嚭初欲拒绝，使人探其来状，知有所进献，乃召入。伯嚭据坐以待之。"文种跪而致词曰："寡君勾践年幼无知，不能善事大国，以致获罪。今已悔恨无及。寡君夫妇，愿终身为吴臣妾，恐吴王不纳，知太宰功德巍巍，吴王言听计从，寡君特使下臣先叩求太宰，借重一言，收寡君于宇下。区区薄物，聊当进见之仪。"言毕，即以礼单呈上。伯嚭作色曰："越国破灭，在旦暮间。破越之后，凡越所有，何患不归于吴？而以此区区者来诱我耶？"种复进曰："越兵虽败，然保会稽者，尚有精卒五千，可以一战。战而不胜，将尽焚库藏之宝，窜身异国，以图再举，安得遽为吴有？即使吴尽有之，然半归于王宫，太宰与诸将不过瓜分一二。若因太宰而得和，寡君虽委身于王，实倾心于太宰也。春秋贡献，未入王宫，先入宰府，是太宰独得全越之利，而诸将无所分润也。"这一席话，说入伯嚭之心。文种又指单上所开美女八人，曰："此皆出自越宫，民间更有美于此者。寡君若生还越国，当竭力搜求，以献太宰。"伯嚭起立曰："我知之矣，来朝，当引子先见吾王，以决其议。"遂尽收所献，留文种于营中。

明日，伯嚭同文种来见夫差。伯嚭先入，备道越王勾践使文种求和之事。夫差勃然怒曰："越与吴，不共戴天之仇，安得许其成哉？"嚭对曰："前者吴兵败楚，欲灭其国，致有秦人之助，楚终不能灭。今越既败，若必欲灭之，安知无他国出而干涉。况今越之畏吴者至矣。其君请为吴臣，其妻请为吴妾，越国之宝货尽入吴宫。所乞于大王者，仅存宗祀一线耳。必欲穷兵以诛越王，彼勾践将率死士五千人，冒死一战，得无有伤王之左右乎？”夫差闻之心动，问曰：“今文种安在？”嚭对曰：“在外候召。”夫差命种入见。种膝行而前，复申前说，加以卑逊。夫差曰：“汝君夫妇请为臣妾，能从寡人入吴否？”种顿首曰：“既为大王臣妾，死生在王，敢不服事左右！”伯嚭曰：“勾践夫妇愿来吴国，是名虽赦越，实已得之，王又何求？”夫差闻勾践夫妇肯从入吴，乃许其成。

子胥知之，急入见吴王曰：“王已许越和乎？”王曰：“然。”子胥连声曰：“不可，不可！越与吴邻，有不两立之势，若吴不灭越，越必灭吴。况有先王大仇，不灭越，何以谢立庭之誓？”夫差此时，已先为伯嚭之言所惑，遂不听其言，谓之曰：“寡人业已许其和，相国且退。”子胥忿忿而出，叹息不止，私谓大夫王孙雄曰：“越国自今以往，十年生聚，再加以十年教训，二十年后，越将加兵于吴，吴之宫室园囿，恐悉变为池沼矣。”夫差问勾践夫妇入吴之期，文种对曰：“寡君蒙大王赦而不诛，将暂假数日归至越都，悉敛其子女玉帛，以便进贡，求大王稍宽期限。”夫差许诺，约以五月中旬到吴。遣王孙雄押文种至越，督率起程。太宰伯嚭屯兵于吴山以候之，如过期不到，灭越归报。夫差领大军先回。文种归报越王,言:“吴王已经班师,遣大夫王孙雄随臣到此,催促起程。太宰屯兵江上,专候吾主过江。”勾践闻言,不觉下泪。文种曰:“五日之期迫矣!王宜作速料理国事,不必为无益之悲。”勾践回至越都,见城郭如故,市井萧条,甚有惭色。留王孙雄于馆驿,收拾库藏宝物,又收括国中女子数百人,整装待行。王孙雄先行一日,勾践夫妇即日祭告宗庙,随后起程。委文种以国事,命范蠡随至吴国,群臣设宴祖饯,送至浙江之上,君臣涕泣而别。

越王既入吴界,遣范蠡先见太宰伯嚭于吴山,复以金帛女子献之。嚭问曰:“文大夫何以不来?”蠡曰:“为吾主守国,不得偕来。”嚭遂随范蠡来见越王,越王深谢其覆庇之德。嚭一力担任,许以他日返国,越王之心稍安。伯嚭引军押送越王至吴,引之入见吴王。勾践肉袒谢罪,伏于阶下,夫人亦随之。范蠡将宝物子女,开单呈上。越王再拜稽首曰:“东海罪臣勾践,不自量力,得罪边境。大王赦其前罪,使执箕帚,诚蒙厚恩,得保须臾之命,不胜感激!罪臣谨叩首顿首,以谢大王。”夫差曰:“寡人若念先君之仇,今日断无生理!”勾践复叩首曰:“臣实该死,唯大王怜之!”夫差受越贡献之物,使王孙雄于阖闾墓侧筑一石室,将勾践夫妇贬入其中,去其衣冠,身着囚服,蓬首垢面,执养马之事。伯嚭私馈食物,仅不至于饥饿。吴王每驾车出游,勾践执鞭步行车前,吴人皆指曰:“此越王也!”勾践闻之,低首而已。勾践在石室二年，范蠡朝夕侍侧，寸步不离。忽一日，夫差召勾践入见，勾践跪伏于前，范蠡在后。夫差谓范蠡曰："勾践无道，国已将亡，子乃君臣之分，并非奴仆。寡人欲赦子之罪，子能改过自新，弃越归吴，寡人必当重用，去忧患而取富贵。子意何如？"时越王伏地流涕，唯恐范蠡之从吴。只见范蠡稽首而对曰："臣闻'亡国之臣，不敢语政；败军之将，不敢言勇'。臣在越不忠不信，不能辅吾主为善，致得罪于大王，幸大王不即加诛，得以君臣相保，入备扫除，出给趋走，臣愿足矣，尚敢望富贵哉？"夫差曰："子既不移其志，可仍归石室。"蠡曰："敬从大王命。"夫差起入宫中，勾践与范蠡仍归石室。越王囚服蓬首，砍草养马；夫人敝衣汲水，粪除洒扫；范蠡拾薪炊爨。三人皆面目枯槁，终日力作。夫差使人窥之，见其君臣劳苦，绝无几微怨恨之色。使者回报，夫差谓其无志归乡，置之度外。

一日夫差登姑苏台，望见越王及夫人端坐于马粪之旁，范蠡侍立于左，君臣之礼存，夫妇之仪具。夫差顾谓太宰嚭曰："彼越王不过小国之君，范蠡不过一介之士，虽处穷困之地，不失君臣之礼，寡人心甚敬之。"伯嚭对曰："不唯可敬，亦甚可怜。"夫差曰："诚如子言，寡人目不忍见。倘彼悔过自新，亦可赦乎？"伯嚭对曰："臣闻'无德不复'。大王以圣王之心，哀孤穷之士，加恩于越，越岂无厚报？愿大王决意赦之。"夫差曰："可命太史择吉日，赦越王归国。"伯嚭即密遣家人，以五鼓投石室，报知勾践。勾践大喜，告于范蠡。蠡曰："请为大王占之。"占已，谓勾践曰："虽有信，不足喜也。"勾践闻言，变喜为忧。其时子胥闻越王将赦，急入见吴王，痛谏不可，谓古来囚敌国之君，赦而归国者，无不受其祸，因历引许多故事，以为之证，语极切直。夫差因子胥之言，复有杀勾践之意，使人召之。伯嚭复先报勾践，勾践大惊，又告于范蠡。蠡曰："王勿惧也。吴之囚王，已三年矣。彼不忍于三年，而能忍于一日乎？去必无恙。"勾践曰："寡人所以隐忍不死者，全赖大夫之策耳。"乃入城来见吴王，候之三日，吴王并不视朝。伯嚭从宫中出，奉吴王之命，使勾践复归石室。勾践怪问其故，伯嚭曰："王惑于子胥之言，欲加诛戮，所以相召。适王感受寒疾，不能起，某入宫问疾，因言'禳灾，宜作福事，不宜杀人。今越王待诛于阙下，怨苦之气，上干于天。王宜保重，权且放还石室，待疾愈而图之'。王听某之言，故遣君出城耳。"勾践感谢不已。

勾践居石室，忽又三月，闻吴王病尚未愈，使范蠡卜其吉凶。蠡布卦已成，对曰："吴王之疾，不死也，至某日当减，某日当愈。愿大王请求问疾，倘得入见，观其颜色，再拜庆贺。言病起之期，至期若愈，必然心感大王，而赦可望矣。"勾践即日投太宰府中，见伯嚭曰："人臣之道，主疾则臣忧。今闻王抱病不瘳，勾践寝食不安，愿从太宰入宫问疾，稍伸臣子之情。"伯嚭曰："君有此美意，敢不转达！"伯嚭入见吴王,曲道勾践相念之情,愿入问疾。夫差正在沉困之中,怜其意而许之。嚭引勾践入于寝室,夫差强目视之曰:“勾践亦来见我耶?”勾践叩首言曰:“罪臣闻王体失调,如催肺肝,久欲一望颜色。”言未毕,夫差腹胀欲便,麾之使出。勾践曰:“臣在东海,曾事医师,观人粪色,能知疾之愈否。”乃拱立户下。侍者将便桶近床,扶夫差便讫,将出户外。勾践揭开桶盖,手取其粪,跪而尝之。左右无不掩鼻。勾践复入叩首曰:“罪臣再拜,敢贺大王,大王之疾,不日将轻减,再数日后即可痊愈。”夫差曰:“何以知之?”勾践曰:“臣闻于医师,粪为谷味,顺时气则生,逆时气则死。今尝大王之粪,味苦且酸,正应春夏发生之气,是以知之。”夫差大悦曰:“仁慈哉勾践也!臣子之事君父,孰肯尝粪而决疾者?”适太子入宫问疾,夫差因问太子曰:“子能尝粪决疾乎?”太子谢不能。夫差曰:“子之于父,尚且不能。勾践真爱我哉!”即命勾践离其石室,就便安息,待疾愈即当遣伊还国。勾践再拜谢恩而出。自此勾践夫妇,就居民舍,执牧马之事如故。

夫差之病,果然渐愈,一一如勾践言。夫差心念其忠,病愈出朝,命置酒于文台之上,使人召勾践赴宴。勾践佯为不知,仍然囚服而来。夫差闻之,即令沐浴,改换衣冠。勾践再三辞谢,方才受命。更衣入谒,再拜稽首。夫差慌忙扶起,即出令曰:“越王仁德之人,焉可久辱!寡人将释其囚役,赦罪放还。前日为越囚,今日为越王,可设北面之座,群臣以客礼事之。”乃揖让使就客座，诸大夫皆列坐于旁。子胥见吴王忘仇待敌，心中含忿，不肯入座，拂衣而出。伯嚭曰：“大王以仁者之心，赦仁者之过。臣闻‘同声相应，同气相求’。今日之坐，仁者宜留，不仁者宜去。相国刚勇而寡仁，其不坐，殆自惭乎？”夫差笑曰：“太宰之言当矣。”酒行三巡，勾践与范蠡，俱起进觞，为吴王寿。吴王大悦，是日夫差饮酒尽醉，命王孙雄送勾践于客馆，谓之曰：“三日之内，当送尔归国。”勾践、范蠡皆叩首称谢而出。次日子胥入见吴王曰：“昨日大王以客礼待仇人，果何见也？”吴王怫然不悦曰：“寡人病卧三月，相国并无一好言相慰，实相国之不忠；不进一好物相送，实相国之不仁。越王勾践，弃其国家，千里来归寡人，献其货物，身为奴婢，三年于兹，毫无怨色。寡人有疾，亲为尝粪，其心之仁慈如此。寡人若听相国之言，诛此善士，皇天不佑。”子胥曰：“王何言之相反也？譬之虎欲噬人，必先卑其势；狸欲取物，必先缩其身。今越王入臣于吴，怨恨在心，大王何得知之？其肯尝大王之粪，实不啻食大王之心，王若不察，中其奸谋，放之归国，祸不远矣！”夫差曰：“相国勿复多言，寡人之意已决！”子胥知不可谏，遂郁郁而退。

至第三日，吴王复命置酒于城外，亲送越王出城。群臣皆捧觞饯行，唯子胥不至。夫差谓勾践曰：“寡人赦君返国，君当念吴之恩，勿记吴之怨。”勾践稽首曰：“大王哀臣孤穷，使得生还故国，当生生世世，不忘大德，勉力报效。苍天在上，实鉴臣心，如若负吴，有如天日！”夫差曰：“君子一言为定，君其行矣。勉之，勉之！”勾践再拜跪伏，流涕满面，有依依不舍之状。夫差亲扶勾践登车，夫人亦再拜谢恩，一同升辇，范蠡执御，往南而去。

勾践回至浙江之上，望见隔江山川重秀，天地再清，乃叹曰：“孤自昔年去国之时，自以为永辞越国，委骨他邦矣，岂期复得返国，而奉祀乎？”言罢，与夫人相向而泣，左右皆感动流涕。文种早知越王将至，率城中群臣百姓，拜迎于浙水之上，欢声震地。勾践心念会稽之耻，欲筑城于会稽，迁都于此，以自警戒，乃专委其事于范蠡。蠡仰观天文，俯察地理，规造新城，包会稽山于内。城成，勾践自旧都迁而居之，谓范蠡曰：“寡人不德，以致失国，苟非相国及诸大夫赞助，焉有今日？”蠡曰：“此乃大王之福，非臣等之功也。但愿大王时时勿忘石室之苦，则越国可兴，而吴仇可报矣。”勾践曰：“敬受教！”自此勾践励精图治，日夜思报吴仇。二十年后，吴国竟为勾践所灭。夫能忍大辱，然后能复大仇。灭吴计划，盖早已定于石室中矣。勾践诚人杰哉！

马陵道

马陵道

话说周之阳城，有一处地面，名曰鬼谷，山深林密，幽不可测。内中有一隐者，自号曰“鬼谷子”，相传姓王名栩，人但称为鬼谷先生。其人于学无所不晓，通天彻地，变化无穷。住在鬼谷，不知年数，弟子就学者甚多，先生来者不拒，去者不追。就中单说几个有名的弟子：齐人孙宾，魏人庞涓、张仪，洛阳人苏秦。宾与涓结为兄弟，同学兵法；秦与仪结为兄弟，同学游说。各为一家之学。单表庞涓学兵法，三年有余，自以为能。一日偶然行至山下，听见路人传说魏国厚币招贤，访求将相之才，庞涓心动，未敢遽言。先生见貌察情，早知其意，笑谓庞涓曰：“汝时运已至，何不出山求取富贵？”庞涓闻先生之言，正中其怀，跪而请曰：“弟子正有此意，未审此行可得意否？”先生曰：“汝往摘山花一枝，吾为汝占之。”庞涓下山寻取山花。此时正是六月天气，百花开过，没有山花。寻了多时，只觅得草花一茎，连根拔起，忽想此花气质微弱，不成大器。弃掷于地，又去寻觅一回。却无他花，只得转身将先前所取草花藏于袖中，来见先生，伪言山中没有花。先生曰：“既没有花，袖中何物？”涓不能隐，只得取出呈上。其花离土，又经日光，已半萎矣。先生曰：“汝知此花之名乎？乃马兜铃也。一开十二朵，为汝荣盛之年数。采于鬼谷，见日而萎。鬼傍加委,汝之出身,必在魏国。”庞涓暗暗称奇。先生又曰:“但汝不合妄言欺人,他日必以欺人之事,还被人欺,不可不戒!吾有八字,汝当记取:‘遇羊而荣,遇马而瘁。’”庞涓再拜曰:“吾师指教,敢不谨守!”临行,孙宾送至山下,庞涓曰:“此行倘有进身之阶,必当举荐吾兄,同立功业。”孙宾曰:“吾弟此言果真否?”涓曰:“弟若谬言,当死于乱箭之下!”宾曰:“多谢厚情,何须重誓!”两下挥泪而别。孙宾还山,先生见其面有泪容,问曰:“汝惜庞涓之去乎?”宾曰:“同学之情,何能不惜?”先生曰:“汝以为庞涓之才,堪为大将否?”宾曰:“久受先生教训,自成大才。”先生曰:“全未,全未!”宾大惊,请问其故。先生不言。至次日,谓弟子曰:“我夜间恶闻鼠声,汝等轮流守夜,为我驱鼠。”众弟子如命。其夜轮当孙宾守夜,先生于枕下取出一书,谓宾曰:“此乃汝祖孙武子兵法十三篇。昔汝祖献于吴王,吴王用其策,大破楚师。吾向于汝祖有交,求得其书,亲为注解;行军秘要,尽在其中。今见子心术忠厚,特以付子。”宾携归卧室,昼夜研读。三日之后,先生遽向孙宾索取原书。宾出诸袖中。先生逐篇盘问,宾对答如流,一字不遗。先生喜曰:“子用心如此,不愧为武子之孙矣!”再说庞涓别了孙宾,径入魏国,有人荐于魏王,魏王召见。庞涓入朝之时,正值庖人进蒸羊,涓暗喜曰:“吾师言‘遇羊而荣’,斯言验矣。”魏王见庞涓一表人物,迎而礼之。庞涓再拜,魏王赐坐,叩以兵学,涓对答如流。魏王大悦，拜为元帅兼军师之职。时有宋人墨翟，云游天下，专以济人利物为心，名闻诸侯，与鬼谷子素来交好。是日来至鬼谷，一见孙宾，与之谈论，深相契合。谓宾曰：“子学业已成，何不出取功名乎？”宾曰：“吾有同学庞涓出仕于魏，相约得志之日，必相援引，吾是以待之。”墨翟曰：“吾为子入魏探之。”墨翟辞去，既至魏国，闻庞涓大言不惭，知无援引朋友之意，乃求见魏王。魏王素闻墨翟之名，以礼相待，欲任以官职。墨翟固辞曰：“臣知有孙武子之孙名宾者，真大将之才。现今隐于鬼谷，大王何不召之？”魏王曰：“孙宾学于鬼谷，乃是庞涓同门，卿谓二人所学孰胜？”墨翟曰：“二人虽是同学，然宾独得乃祖秘传，虽天下无其对手，况庞涓乎？”墨翟辞去，魏王即召庞涓问曰：“闻卿同学有孙宾者，才高学广，何不为寡人召之？”庞涓对曰：“臣非不知孙宾之才，但宾是齐人，宗族皆在齐，今若仕魏，必先齐而后魏，臣是以不敢进言。”魏王曰：“‘士为知己者死。’岂必本国之人，方可用乎？”庞涓对曰：“大王既欲召孙宾，臣即当作书致之。”遂修书一封，呈上魏王。魏王用驷马高车，黄金白璧，遣人带了庞涓之书，一径到鬼谷来聘请孙宾。孙宾将书呈于鬼谷先生。先生知庞涓已得大用，今番致书孙宾，但言已荐于魏王，请即赴召，共图功业等。语竟无一字问候其师，此刻薄忘本之人，不足计较。亦使孙宾取山花一枝，卜其休咎。时九月天气，宾见先生案上，瓶中供有黄菊一枝，遂拔以呈上,即时复归瓶中。先生乃断曰:“此花现被残折,不为完好,然性耐岁寒,经霜不落,虽有残害,不为大凶;供养瓶中,为人爱重。但再经提拔,恐一时未能得意。仍归旧瓶,汝之功名,终在故土。吾为汝增改其名,可图进取。”遂将孙宾“宾”字,左边加月为“膑”。临行又授以锦囊一个,嘱其必遇至急之时,方可开看。孙膑领命,拜辞先生,随魏使者下山,登车而去。行至魏国,见了庞涓,申谢举荐之恩,涓有得色。膑又述鬼谷先生改宾为膑之事,涓惊曰:“膑非佳语,何以改易?”膑曰:“先生所命,不敢违也!”次日同入朝,谒见魏王,王降阶相迎,其礼甚恭。即日拜为客卿,赐第一区,亚于庞涓。自此孙、庞频相往来,交谊甚笃。庞涓常想:“孙膑受有先生秘传,未见吐露,必须用意探之。”遂设席请酒,酒中谈及兵法,孙膑对答如流。乃问曰:“此非令祖孙武子兵法所载乎?”膑全不疑虑,对曰:“然也。”涓便求借观。膑曰:“此书经先生注解,与原本不同,先生只付看三日,便即取去,亦无录本。”涓曰:“兄还记得否?”膑曰:“依稀尚能记忆。”涓心中欲便求传授,只是一时难以逼迫。过数日,魏王欲试孙膑之才,乃阅武校场,令孙、庞二人各演阵法。庞涓所布阵法,孙膑一见便知。孙膑排成一阵,庞涓茫然不识,私问于孙膑。膑曰:“此‘颠倒八门阵’也。”涓曰:“有变乎?”膑曰:“攻之则变为‘长蛇阵’。”庞涓即将阵法先报魏王。已而魏王问孙膑,所对相同。魏王以庞涓之才不弱于孙膑，心中大喜。唯是庞涓回府，思想孙膑之才大胜于吾，若不除之，必有后患。心生一计，于相会之时，私叩孙膑曰："吾兄宗族俱在齐国，何不遣人迎来，同享富贵？"孙膑垂泪言曰："吾父母早丧，家中曾遭患难，宗族离散。叔父孙乔与从兄孙平、孙卓，均不知下落。后来吾在鬼谷先生门下求学数年，家乡杳无音信，尚何有宗族哉？"涓曰："然则兄长还忆故乡坟墓否？"膑曰："人非草木，岂忘本根？先生于吾临行，亦言'功名终在故土'。今已作魏臣，此话不须提起矣。"庞涓叹了口气，佯应曰："兄言甚当，大丈夫随地立功，何必故乡也？"当日所言，孙膑并不在意。约过半年，一日朝罢方回，忽有一汉子似同乡口音，来府探问。孙膑唤入，叩其来历。那人曰："小子姓丁名乙，齐国临淄人氏，在洛阳客贩，令兄有书，托某送到鬼谷，闻贵人已得仕魏朝，迂路来此。"说罢，将书呈上。孙膑拆书观之，略谓"许久离别，家道零落，苦不可言。深望早日归乡，骨肉相聚"等语。孙膑读之，认以为真，不觉下泪。丁乙曰："承令兄吩咐，劝贵人早早还乡。"孙膑曰："吾已仕于魏，不可造次。"乃款待丁乙，付以回书。书中前面亦叙思乡之语，后云"弟已仕魏，未可便归，俟稍有建立，然后徐图归乡之计"，送丁乙黄金一锭为路费。丁乙接了回书辞去。谁知并非丁乙，乃是庞涓手下心腹也。庞涓骗得回书，遂仿其笔迹，改后数句云："弟今虽身仕魏国，但故土难忘，心殊悬切，不日当图归计。倘齐王不弃，自当尽力报效。”于是入朝私见魏王，将伪书呈上，言曰：“孙膑有背魏向齐之心，近日私通齐使，臣遣人搜得回书在此。”魏王看毕，曰：“孙膑心悬故国，岂以寡人未能重用耶？”涓对曰：“父母之邦，谁能忘情？大王虽重用膑，膑心已恋齐，必不能为魏尽力。且膑才不下于臣，若齐用为将，必然与魏争雄，此大王异日之患也，不如杀之。”魏王曰：“孙膑应召而来，今罪状未明，遽然杀之，恐天下议寡人之轻士也。”涓对曰：“大王之言甚善。臣当劝谕孙膑，倘肯留魏国，大王重加官爵，若其不然，大王发到臣处议罪。”庞涓辞了魏王，往见孙膑，问曰：“闻兄已得家报乎？”孙膑是忠直之人，全不疑虑，遂应曰：“果然有之。”因备述书中要他还乡之意。庞涓曰：“久别思乡，人之至情，兄长何不于魏王前请假一二月，归省坟墓，然后再来？”膑曰：“恐王见疑，反为不美。”涓曰：“兄请试之，弟当从旁力赞。”膑曰：“全仗贤弟之力。”是夜庞涓又入见王曰：“臣奉大王之命，往谕孙膑，膑不愿留，且有怨望之语。若目下有表章请假，大王便可发其私通齐使之罪。”魏王点头。次日孙膑果上表请假一月，还齐省墓。魏王见表大怒，批表尾云：“孙膑私通齐使，今又告归，显有背魏之心，有负寡人委任之意。可削其官爵，发军师府问罪。”军政司奉命，将孙膑拿到军师府，来见庞涓。庞涓一见，佯惊曰：“兄长何为受此奇冤！弟当于王前力保。”说罢，即驾车来见魏王曰：“孙膑虽有私通齐使之罪，然罪不至死。以臣愚见，不若刖之，使为废人，终身不能退归故土。既全其命，又无后患，岂不两全？”王曰：“卿处分最善。”庞涓辞回本府，谓孙膑曰：“魏王十分愤怒，欲加兄极刑，经弟再三恳求，恭喜得全性命。但须刖足，此乃魏之法度，非弟不尽力也。”遂唤刀斧手将孙膑绑住，剔去双膝盖骨。膑大叫一声，昏厥于地，半晌方醒。庞涓假意啼哭，以刀疮药敷之，用帛缠裹，使人抬至书馆，好言抚慰，好食调养。约过月余，孙膑疮口已合，只是膝盖既去，两腿无力，不能行动，已成废人。庞涓特使苍头二人服侍，一日三餐，供养颇厚，孙膑反觉过意不去。庞涓乃求膑传示鬼谷子注解孙武兵书，膑慨然应允。涓给以木简，要他缮写。膑写未及十分之一，苍头见孙子无辜受枉，反有怜惜之意。忽庞涓召苍头，问：“孙膑缮写，日得几何？”苍头曰：“孙将军长眠短坐，每日只写二三策。”庞涓怒曰：“如此迟缓，何日可完？汝可与我上紧督促。”苍头连声诺诺而退，私问近侍曰：“军师要孙君缮写，何必如此催迫？”近侍曰：“汝有所不知。军师与孙君外虽相惜，内实相忌，所以全其性命者，只为欲得兵书耳。缮写一完，便当绝其饮食，汝切不可泄漏。”苍头闻知此信，密告孙膑。膑大惊，想道：“庞涓如此无义，岂可传此兵法。”又想：“若不缮写，他必发怒，吾命旦夕休矣！”左思右想，欲求自脱之计。忽然想着鬼谷先生令行时，付我锦囊一个，嘱于至急时开看，今其时矣。遂将锦囊启视，乃黄绢一幅，中间写着“诈疯魔”三字。膑曰：“原来如此。”当日晚餐方设，膑正欲举箸，忽然昏愦，做呕吐之状。良久，张目大呼曰：“汝何以毒药害我？”将器物悉掷于地，取所写木简，向火焚烧，扑身倒地，口中含糊叫骂不绝。苍头不知是诈，慌忙奔告庞涓。涓次日亲自来看，只见孙膑痰涕满面，伏地呵呵大笑，复睁目视涓，磕头不已，口中叫：“鬼谷先生，救我孙膑一命！”庞涓问苍头曰：“这病症是几时发的？”苍头曰：“是昨夜发起的。”涓上车而去，心中疑惑不已。恐其佯狂，欲试其真伪，命左右拖入猪圈中，粪秽遍地，膑披发覆面，倒身而卧。再使人送酒食与之，诈云：“小人哀怜先生，进此酒食，军师不知也。”孙膑怒目而骂曰：“汝又来毒我耶？”将酒食倾翻地下。使者又拾狗食及泥块以进，膑取而啖之。使者还报，庞涓曰：“此真中狂疾，不足为虑矣，任其出入。”自此或朝出晚归，仍卧猪圈之内，或出而不返，宿于市井之间。庞涓唯吩咐地方，每日具报孙膑所在，尚不能置之度外也。齐国上卿田忌闻之，告于齐王曰：“孙膑本齐人，国有贤才，而见辱于异国，大不可也！宜设计以迎之。”于是齐王使人聘于魏，密遣心腹寻见孙膑，暗载而归。魏国地方官不见了孙膑，深恐庞涓见责，以溺死申报。庞涓信以为真，初不疑其投齐也。孙膑离了魏境，沐浴更衣，田忌亲迎于十里之外，同见齐王。齐王大喜，即欲拜官。孙膑辞曰：“庞涓多疑，不若姑隐其事，俟有用臣处，然后效力，如何？”齐王从之，乃使居田忌之家，忌尊为上客。膑欲访孙平、孙卓信息，杳不可得，方知前次家信，皆庞涓之诡计也。再说魏国向与赵有争地之恨，魏王命庞涓率兵伐赵。赵兵连战俱败，赵王乃使人求救于齐。齐王用田忌为将，孙膑为军师，常居辎车之中，阴为画策，不显其名。齐兵到来，田忌与庞涓对阵。涓自率一军打入阵中，忽见一面旗上，大书军师"孙"字样。涓大惊曰："刖夫果在齐国，吾中其计矣！"正在危急，幸得两路救兵，单单救出庞涓，余军尽死于阵中。庞涓回营，知孙膑在军中，大惧，弃营而遁，连夜回魏国去了。魏王以庞涓先胜后败，将功折罪，任用如故。田忌与孙膑奏凯回齐。齐王遂宠任田忌、孙膑，专以兵权委之。魏既结怨于赵，赵时思报复，使人至韩，约同起兵伐魏，灭魏之日，平分魏地。韩王以偶值饥荒，期以来年。庞涓访知此信，言于魏王曰："闻韩欲助赵攻魏，今乘其未合，宜先伐韩，以阻其谋。"魏王许之。即令庞涓为大将，起兵伐韩。韩王遣人告急于齐，求其出兵相救。齐复用田忌为大将，孙膑为军师，率兵救韩。田忌欲往韩进发，孙膑曰："不可，宜直走魏都，攻其所必救。"田忌从之，乃命三军齐向魏都进发。庞涓正在连败韩师，进逼都城，忽接本国警报，说齐兵复入魏境。庞涓大惊，即时传令去韩归魏，韩兵亦不追赶。孙膑知庞涓将至，谓田忌曰："吾军远入魏地，宜作弱形以诱之。今日作十万灶，明后日依次减少，彼见军灶日减，必谓吾军怯战，逃亡过半，势必兼程而进。其气必骄，其力必疲，吾乃可以计败之。”田忌从其计。庞涓回军至魏境，知齐兵已过去。遗下安营之迹，地甚宽广，使人数其灶，足有十万。惊曰：“齐兵之众如此，不可轻敌也！”明日又至前营查其灶，仅五万有余，又明日仅三万。涓喜曰：“我固知齐兵素怯，今入魏地才三日，士卒逃亡过半，尚敢战乎？前此我以攻阵而败，偶然耳。”遂令军队兼行而进。孙膑屈指计程，日暮必至马陵。那马陵道在两山之间，溪谷深狭，堪以伏兵。道旁树木丛密，膑拣绝大一树留下，余树尽皆砍倒，纵横道上，以塞其行。将大树向东一面，削去树皮，用黑煤大书六字云：“庞涓死此树下！”上面横书四字云：“军师孙示。”令部将二人各选弓弩手五千，左右埋伏，吩咐但看树下火光起时，一齐发弩。再说庞涓一路赶来，知齐兵离此不远，恨不一步赶着，只顾催兵速进。来到马陵道时，恰好日落西山，天色渐黑。前军回报有断木塞路，难以前进。庞涓怒曰：“此齐兵畏吾蹑其后，故设此计耳。”正要指挥军士开路，忽抬头看见树上隐隐有字，昏黑难辨。即命取火照之。众军士一齐点起火来。庞涓于火光之下，看得分明，大惊曰：“吾中刖夫之计矣！”急命军士速退，说犹未了，两边伏兵万弩齐发，箭如骤雨，魏军大乱。庞涓身带重伤，料不能脱，叹曰：“不杀此刖夫，遂成竖子之名！”即拔剑自刎而死。将士中箭而亡者，不计其数。孙膑手斩庞涓之头，悬于车上。齐军大胜，奏凯而还。齐王欲封孙膑以大邑。膑固辞不受。

手录其祖兵书十三篇献于齐王曰:“臣以废人,过蒙擢用,今上报主恩,下酬私怨,于愿足矣。臣之所学,尽在此书,留臣亦无用,愿得闲山一片,为终老之计!”齐王留之不得,乃赐以石闾山,听其终老云。

读书刺股

读书刺股

鬼谷地方，有一隐士，自号鬼谷子，有通天彻地之学。人但称“鬼谷先生”，弟子就学者，不知多少，就中弟子之有名者，除孙膑、庞涓而外，唯苏秦、张仪二人。苏秦，字季子，洛阳人；张仪，字余子，魏人。二人结为兄弟，在鬼谷先生处，同习游说之学。自孙膑、庞涓先后出山，往求富贵，苏秦、张仪见之，俱有欣羡之色。鬼谷先生曰：“天下最难得者，聪明之士。以汝二人天资聪明，若肯灰心学道，可致神仙，何苦碌碌风尘？甘为浮名虚利所驱哉。”苏秦、张仪对曰：“尝闻‘良材不终朽于岩下，宝剑不终秘于匣中’。日月如流，光阴不再，弟子等远来求学，亦欲乘时建功耳。”先生叹曰：“仙才之难如此哉！乃为之各占一课。”断曰：“秦先吉后凶，仪先凶后吉，秦说先行，仪当晚达。吾观孙、庞二子，势不相容，必有吞并之事。汝二人异日互相推让，以成名誉，勿伤同学之情。”二人顿首受教。先生又将书二本，分赠二人，秦、仪观之，乃太公《阴符篇》也。先生曰：“此去若未能得意，只就此篇探讨，自有进益。我亦从此逍遥海外，不复留于此谷矣。”

当下苏秦、张仪拜辞鬼谷子下山，张仪自往魏国去了，苏秦回洛阳。洛阳为周之东京，周王所居，苏秦即家于此。家中父母在堂，一兄二弟。兄已先亡，唯寡嫂在;二弟乃苏代、苏厉也。一别数年,今日重聚,举家欢喜,自不必说。过了数日,秦欲出游列国,乃请于父母,变卖家财,为资身之费。母嫂及妻,俱力阻之曰:“季子既不事耕种,亦宜从事工商,以求什一之利,乃思以口舌博富贵,弃现成之业,图难得之利,他日生计困乏,后悔莫及矣。”苏代、苏厉亦曰:“兄如善于游说之术,何不就说周王?在本乡亦可成名,何必远出?”苏秦被一家阻挡,乃求见周王,说以自强之术。王留之馆舍。左右皆知苏秦出于农家,疑其言空疏无用,不肯在周王前保举。苏秦发愤回家,尽破其产,得黄金百镒,制黑貂为裘,治车马仆从,遨游列国,访求山川地形人情风土,尽得天下利害之详。如此数年,未有所遇。一日,闻秦王好贤礼士,乃西至秦国,求见秦王,说以吞并天下之策。岂知秦王此时,自商鞅死后,心恶游说之士,辞以不能。苏秦乃退,复将古三王五霸,攻战而得天下之术,汇成一书,凡十余万言,献上秦王。秦王虽然留览,绝无用苏秦之意。苏秦留秦岁余,黄金百镒,俱已用尽,黑貂之裘,亦已敝坏,计无所出,只得货其车马仆从,以为路资,担囊徒步而归。及至家门,父母见其狼狈至此,皆辱骂之。妻方织布,见秦来,亦不下机相见。秦饿甚,向嫂求一饭,嫂辞以无柴,不肯为炊。秦不觉下泪叹曰:“一身贫贱,妻不以我为夫,嫂不以我为叔,父母不以我为子,皆我之罪也!”于是发愤读书,检书箧中得太公《阴符篇》,忽悟曰:“鬼谷先生曾言,若游说失意，只须熟玩此书，自有进益。”乃闭户探讨，务穷其理，昼夜不息。夜倦欲睡，则引锥自刺其股，血流遍足，不敢言痛。读《阴符篇》有悟，再将当时列国形势，细细揣摩，如此年余，乃自慰曰：“我今有学如此，以此说当世诸侯，岂有不能取卿相之理?”遂谓其二弟曰：“今吾学已成，取富贵如拾芥，二弟可助我行资，出说列国。倘有出身之日，必当相引。”复以《阴符篇》指示二弟，教其力学，亲为讲解。苏代、苏厉读之，亦有省悟，乃各出黄金以助其行。

苏秦辞了父母妻嫂，欲再往秦国，思想：“当今七国之中，唯秦国最强，可以辅成帝业。奈秦王不肯收用。吾今再去，倘复如前，何面目复归故里?”乃思一摈秦之策，必使列国同心协力，为合纵之计，以孤秦势，方可自立。何谓合纵?当战国时，有连横、合纵二派，东西为横，南北为纵。合纵者，合南北各国，结约以拒秦也。当下苏秦主意已定，东投赵国。其时赵用公子成为相，苏秦先说公子成，公子成不喜。乃去赵北游燕国，求见燕王，左右莫为通达，不得见。居岁余，资用已尽，困于旅馆。适燕王出游，秦伏谒道旁。燕王闻其姓名，知是苏秦，喜曰：“先生昔年以十万言上秦王，寡人心慕之，恨未得一读先生之书。今先生惠教寡人，燕之幸也。”遂回车入朝，召见苏秦，鞠躬请教。苏秦说以结连列国，合纵御秦之计。燕王曰：“先生合纵以安燕，寡人所愿，但恐列国诸侯，不肯为从耳。”秦对曰：“秦虽不才，愿往见赵王，与定纵约。”燕王大喜，赠以金帛路费，高车驷马，使壮士送苏秦至赵。

时赵相国公子成已死，赵王闻燕国送客前来，遂降阶迎曰：“上客远辱敝国，何以教我？”苏秦对曰：“秦国强暴，诸侯畏之，割地求和，自削其国，是秦国日强，而列国日弱，其势不至为秦所并不止。依臣愚见，莫如约列国诸侯，交盟定誓，结为兄弟，联为唇齿。秦攻一国，则五国共救之，如有败盟背誓者，五国共伐之，如此合纵以御秦。秦虽强暴，岂敢以寡敌众？”赵王曰：“寡人年少，未闻至计。今上客欲合诸侯以拒秦，寡人敢不敬从！”乃佩以相印，赐以大第，又以黄金千镒，白璧百双，高车驷马，使为“纵约长”，以说列国。苏秦正欲择日起行，忽赵王召秦入朝曰：“边吏来报，秦国出师攻魏，魏割河北十城以和，欲移兵前来攻赵。将若之何？”苏秦闻言，暗暗吃惊，拱手对曰：“臣度秦兵疲敝，未能即至，万一到来，臣自有计退之。”赵王曰：“先生且暂留敝邑，待秦兵果然不到，方可远离。”苏秦回至府第，唤门下心腹至密室吩咐曰：“吾有同学故人，名张仪，字余子，乃魏国大梁人。我今与汝千金，汝可扮作商人，变姓名为贾舍人，前往寻访。见时须如此如此。若到秦之日，又须如此如此。汝可即日前往，小心在意。”贾舍人领命，连夜往大梁而行。

却说张仪自归家后，家道贫困，求仕魏国不得。后见魏兵屡败，国势不振，乃挈其妻子去魏游楚，楚相国昭阳留之为门下客。时昭阳相国以伐魏有功，楚王赐以“和氏之璧”。那“和氏之璧”，系楚人卞和，于荆山之中得一璞，献之楚文王，使玉人剖之，果得无瑕美玉，因制为璧，名曰“和氏之璧”。故此璧为无价之宝，昭阳随身携带，未尝少离。一日昭阳出游赤山，宾客尽从。山下有深潭，潭旁建有高楼，众人在楼上饮酒作乐。酒至半酣，宾客慕“和氏之璧”，请于昭阳，一观美玉。昭阳命守藏吏取出宝椟至前，亲自启钥，解开锦囊，玉光英发，照人颜面。宾客次第传观，无不极口称赞。正赏玩间，闻左右言：“潭中有大鱼跃起。”昭阳起身，凭栏而观，众宾客亦一齐出看。忽然云兴雨至，昭阳吩咐：“收拾回府。”守藏吏欲将璧收藏，已不知传递谁人之手，竟不见了。乱了一回，昭阳回府，教门下客查盗璧之人。门下客曰：“张仪贫乏，素无行，若要盗璧，除非此人。”昭阳亦心疑之，使人执张仪拷问。张仪实未盗璧，如何肯承？鞭至数百，遍体俱伤，奄奄一息。昭阳见张仪垂死，只得释放。仪归家。其妻垂泪言曰：“子今日如此受辱，皆由读书游说所致，若安居务农，安有此祸耶？”仪开口向妻问曰：“汝视吾口中，舌尚存否？”妻笑曰：“尚在。”仪曰：“舌在，即是本钱，不愁吾终于穷困也。”于是将息半月，伤愈，复还魏国。

贾舍人至魏之时，张仪已回家半年，落拓无聊，未有际遇。闻苏秦说赵得意，正欲往访，一日出门，恰遇一人休车门外，访闻路径。张仪上前询其来历，知为贾舍人，适从赵来,遂闻方今赵相国,是苏秦否?贾舍人曰:“正是,先生何人?得无与苏相国有旧耶?”仪告以同学兄弟之情。贾舍人曰:“若是,何不往游?相国念旧,必当援引。吾贾事已毕,正欲还赵,先生若不弃微贱,愿与同载。”张仪正苦无川资,闻贾舍人之言,欣然从之,遂别妻而行。既至赵郊,贾舍人曰:“寒家在郊外有事,只得暂别。城内各处,俱有旅店,安歇远客,容小人过日相访。”张仪辞贾舍人下车,进城安歇。次日怀了名刺,直造相府求见。此时苏秦已预嘱门下人:“有张仪来,不许通报。”故张仪第一次来求见,门下人辞以今日相国不见客。可明日来,一连去了数日,皆是如此。张仪心下烦恼,只好忍耐过去。复候数日,终不得见,怒而欲去。旅店主人不允曰:“子已投刺相府,万一相国来召,何以应之?务请留此,虽一年半载,不见相国发落,不敢放去也。”张仪闷甚,访贾舍人何在,人亦无知者。又过数日,复书刺往辞相府。苏秦传命:“来日相见。”仪客居多日,资斧不继,因向店主人假了衣冠。次日一早往候。苏秦预先排下威仪,闭其中门,命客从耳门入。张仪欲登阶,左右止之曰:“相国公事未毕,客宜少待。”仪乃立于庑下,遥视堂前,官属进见者甚众。已而禀事者,又有多人。良久,日已过午,闻堂上呼曰:“客今何在?”左右曰:“相国召客。”仪整衣升阶,只望苏秦降坐相迎,谁知苏秦安坐不动。仪忍气进揖,秦始起立,略一举手答之曰:“余子别来无恙?”仪怒气勃勃，竟不答言。左右禀进午餐。秦复曰："公事大忙，烦余子久待，恐饥矣，且草率一饭。"命左右设座于堂下。秦自饭于堂上，珍肴满案。仪所食，不过一肉一菜，粗粝之餐而已。张仪本欲不吃，奈腹中饥甚，况店主人饭钱，先已欠下许多，只望今日见了苏秦，即使不肯荐用，也有些金资赠送，不想如此光景。正所谓："在人檐下过，谁敢不低头！"只得含羞举箸而食。食毕，苏秦复传言："请客上堂。"张仪上堂，举目观看，苏秦仍然高坐不起。张仪忍气不过，走上几步，大骂曰："季子，我道你不忘故旧，远来相投，何意辱我至此！昔日同学兄弟之情何在？"苏秦徐徐答曰："以余子之才，只道已先我而得志，不料穷困至此。吾岂不能荐于赵王，使子富贵？但恐子志衰才退，不能有为，贻累举荐之人耳。"张仪曰："大丈夫自能致富贵，岂赖汝荐？"秦曰："你既能自取富贵，何必来谒？念同学情分，助汝黄金十两，请自方便！"命左右以金授仪。仪一时性起，将金掷于地下，愤愤而出。苏秦亦不挽留。张仪回至旅店，只说："可恨，可恨！"一头脱下衣履，交还店主人。备细将入见情形，述了一遍。店主人曰："相国虽然倨傲，然位尊权重，礼当如此。送足下黄金十两，亦是美意。足下收了此金，也可算还小店欠账，剩下来可作归途费用。何必负气不受？今手无一钱，如之奈何？"

正说话间，只见贾舍人走入店门，与张仪相见道："连日少候，得罪！不知先生曾见过苏相国否？"张仪见了贾舍人，重将见苏秦之事，诉说一遍。又道：“今欠账无还，又不能作归计，好不愁闷。”贾舍人曰：“当初先生原是听了小人之言，故此远道而来，却是小人带累先生，小人情愿代先生偿还欠账，备下车马，送先生回去。先生意下何如？”张仪曰：“我亦无颜归家。欲往西秦一游，恨无资斧。”贾舍人曰：“先生欲游秦国，莫非还有同学好友，在秦国么？”张仪曰：“非也。当今七国之中，唯秦最强，秦之力，可以困赵。我往秦，幸得进用，可报苏秦之仇。”贾舍人曰：“先生若往他国，小人不敢奉命。欲往秦国，小人正欲往秦探亲，何不依旧与小人同车而去，彼此得伴，岂不甚美？”张仪曰：“屡次有累贵客，何以自安？”贾舍人曰：“适在便道，无须客气。”乃替张仪算还店账，自备车马在门，二人同载，往西秦一路而行。路间为张仪制衣裳，备仆从，凡仪所需，不惜破费，一一为之置办。及至秦国，复大出金帛，贿秦王左右，为张仪延誉。时秦王方悔当时不用苏秦，今闻张仪来秦，即时召见，拜为客卿，与之谋诸侯之事。贾舍人乃辞去。张仪垂泪曰：“始吾穷困至甚，赖子之力，得有今日，方图报德，何遽言去耶？”贾舍人笑曰：“小人非能知君，知君者乃苏相国也。”张仪愕然久之，问曰：“子以资财给我，何言苏相国耶？”贾舍人曰：“相国方倡‘合纵’之约，虑秦伐赵，以败其约，思可以得秦之政柄者，非君不可。故先遣予伪为贾人，招君至赵，又恐君安于小就，故意怠慢，以激君怒。君果愤而怀游秦之意。相国乃大出金帛付我，吩咐唯君所用，必得秦用而后已。今君既用于秦，此愿已偿，即当归报苏相国耳。”张仪叹曰：“吾在季子术中而不觉，吾不及季子远矣。烦足下回赵，多谢季子，当季子之身，吾若在秦，不敢言‘伐赵’二字，以所以报季子之德也。”

贾舍人回报苏秦，秦乃奏赵王曰：“秦兵果不出矣。”于是先往韩魏二国，说以合纵之利。韩魏二王，皆愿如约，各厚赠苏秦，以资其行。又说齐说楚，齐楚亦听从其计。苏秦见“合纵”之约既成，大喜，回报赵王。诸侯各发使送之，仪仗旌旄，前呼后拥，车骑辎重，连接二十里不绝，威仪比于王者。一路官员，望尘下拜，迎于道左。行过洛阳，周王闻之，亦设供帐于郊外以迎之。秦之老母，扶杖旁观，啧啧惊叹；二弟及妻嫂，侧目不敢仰视，俯伏郊迎。苏秦在车中谓其嫂曰：“向者欲求一饭而不可，今又何恭之甚？”嫂曰：“见季子位尊而金多，不容不敬畏耳！”苏秦喟然叹曰：“世情看冷暖，人面逐高低。吾今日乃知富贵之不可忽也！”于是以车载其亲属，同归故里。起建大宅，聚族而居，散千金以赡养宗党之贫乏者。代、厉二弟，羡其兄之贵盛，亦研读阴符，学习游说之术。

苏秦住家数日，起身回赵。赵王封为武安君，遣使约齐、楚、魏、韩、燕五国之君，俱到洹水相会。赵王同苏秦先至洹水，筑坛布位，以待诸侯。燕王先到，次韩王亦到。不数日魏、齐、楚三王,陆续俱到。赵王为约主,居主位,五王居客位。择日共登盟坛,以次而坐。苏秦历阶而上,启六王曰:“合纵摈秦之利,向者已悉陈诸君之前,今日当刑牲歃血,誓于神明,结为兄弟,务必患难相恤。”六王拱手曰:“谨受教!”秦遂奉盘,请六王以次歃血,拜告天地,及六国祖宗一国背盟,五国共击之。写下誓书六通,然后就宴。赵王曰:“苏秦定大计,安六国,宜封高爵以荣之,俾其往来六国,坚此纵约。”五王皆曰:“赵王之言是也!”于是六王合封苏秦为“纵约长”,兼佩六国相印,给以金牌宝剑,总辖六国人民,又各赐黄金百镒。苏秦谢恩。六王各散归国。苏秦随赵王归赵。从此苏秦之名,显于当世。此虽由苏秦热心富贵所致,要亦自引锥刺股,读书刻苦而来也。

刺秦王

刺秦王

东周之末，并为七大国，即秦、楚、齐、韩、魏、赵、燕是也。七国之中，以秦为最强，争城夺地，几无虚日。秦兵所至，各国无不恐惧，割地求和。此篇单叙燕国太子丹，使荆轲刺秦王一事。先是秦王欲引兵伐燕，燕王闻之惧，使太子丹为质于秦，愿臣服秦国。秦王乃止兵不伐。后来燕王有病，使人请太子归国。秦王曰："燕王不死，太子未可归也。欲归太子，除是乌头白、马生角，方可！"太子丹闻之，日夜忧愤，一日仰天大呼，忽有怨气一道，直冲霄汉，乌头皆白。秦王犹不肯放归。太子丹乃易服毁面，为人佣仆，混出函谷关，星夜逃回燕国而去。太子丹既回燕国，深恨秦王，乃请于燕王，散财结士，谋为报秦之举。访得勇士夏扶、宋意二人，皆厚待之。有秦舞阳者，年十三，白昼杀仇人于市，市人畏之，不敢相近，太子丹赦其罪，收于门下。秦将樊於期得罪秦王，奔逃至燕，藏匿深山中，不敢出，至是闻太子好客，亦来求见。太子待为上宾，于易水之东，筑大第以居之，名曰樊馆。太傅鞠武谏曰："秦虎狼之国，蚕食诸侯，无事犹将生事，况收其仇人，譬如批龙之逆鳞，其伤必矣。愿太子速遣樊将军入匈奴以远祸，若欲图秦，须西约赵、魏、韩三国，南连齐、楚，北结匈奴，然后可徐图也。"太子丹曰："太傅之计，旷日持久。丹心中如焚，不能须臾安息。况樊将军穷困来归，安忍弃之？丹有死不能矣。愿太傅更思之！”鞠武曰：“以燕之弱，欲抗秦之强，如以羽毛投火炉，立见其尽。臣智识浅薄，不能为太子谋。臣友有田光先生者，其人智勇深沉，且多识异人。太子必欲图秦，非田光先生不可。”太子曰：“丹未得结交于田先生，愿太傅为丹召之。”鞠武曰：“敬诺。”鞠武即驾车往田光家中，告曰：“太子丹敬慕先生，愿亲来拜访，共商大计，望先生勿却。”田光曰：“太子贵人也，岂敢屈车驾哉？既不以光为鄙陋，光当往见。”鞠武曰：“先生不惜枉驾，此太子之幸也。”遂与田光同车，进太子宫中。

太子丹闻田光来，亲出迎接，引导入宫，再拜致敬，跪拂其席。田光年老，慌忙答礼，伛偻登坐。太子丹屏退左右，跪而请曰：“今日之势，燕、秦不两立，闻先生智勇足备，能奋奇策以救燕之亡乎？”田光对曰：“臣闻‘骐骥壮盛之时，一日而驰千里，至其衰老，不能及驽马’。今鞠太傅但知臣盛壮之时，不知今者臣已衰老矣。”太子丹曰：“先生交游中，亦有智勇兼备如先生少壮之时，可以代先生谋事者乎？”田光摇首曰：“大难，大难！虽然太子自审门下客可用者有几人，光请相之。”太子丹乃悉召夏扶、宋意、秦舞阳三人至，与田光相见。田光一一相过，问其姓名，谓太子曰：“臣观诸位，俱无可用者。夏扶血勇之人，怒时面赤；宋意脉勇之人，怒时面青；秦舞阳骨勇之人，怒时面白。夫怒形于面，使人觉之，何以济事？臣友有荆卿者，乃神勇之人，喜怒不形于色，似为胜之。”太子丹曰：“荆卿何名？何处人氏？”田光曰：“荆卿名轲，其先世卫人，今为燕人，精于剑术，性嗜酒。燕人高渐离者，善击筑（音似竹琴），轲爱之，尝共饮于市。酒酣时，渐离击筑，荆卿歌而和之，歌罢，辄涕泣而叹，以为天下无知己。此人深沉有谋略，光万不及也。”太子丹曰：“丹未得交于荆卿，欲因先生而致之。”田光曰：“臣当往召之。”太子丹送田光出门，以自己所乘之车奉之，使内侍为之御车。光将上车，太子嘱曰：“丹所言国之大事，愿先生勿泄于人。”田光笑曰：“老臣不敢。”田光上车，访荆轲于市中。荆轲正与高渐离同饮，渐离方调筑。田光闻声，下车直入，呼荆卿。高渐离携筑避去。荆轲与田光相见，光邀轲至家，谓曰：“荆卿尝叹天下无知己，光亦以为然。然光老矣，精衰力耗，不足为知己效力。荆卿方壮盛，亦欲一试胸中之奇乎？”荆轲曰：“岂不愿之，但不遇其人耳。”田光曰：“太子丹折节好客，燕国莫不闻之。今者不知光之衰老，乃以国事谋及于光。光与卿相善，知卿之才，荐以自代，愿卿即往见太子。”荆轲曰：“先生有命，轲敢不从！”田光欲激荆轲之志，乃抚剑叹曰：“光闻之，‘长者所为，不使人疑’。今太子以国事告光，而嘱光勿泄，是疑光也。奈何欲成人之事，而使人疑哉！光请以死自明，愿荆卿急往报太子。”遂拔剑自刎而死。

荆轲方悲泣，而太子复遣人来视荆先生来否。荆轲知太子出于至诚，即乘车至太子宫。太子接待荆轲，愈加恭敬。既相见，问："田先生何不同来？"荆轲曰："田先生闻太子有私嘱之语，欲以死自明，已伏剑死矣！"太子丹抚膺恸哭曰："田先生为丹而死，岂不冤哉！"良久收泪，请荆轲上坐，避席顿首。荆轲慌忙答礼。太子丹曰："田先生不以丹为不肖，使丹得见荆卿，天与之幸，愿荆卿勿见鄙弃，有以见教。"荆轲曰："太子所忧秦者，何也？"丹曰："秦譬如虎狼，吞噬无厌，非尽收天下之地，臣服海内诸侯，其欲不已。今韩国已尽纳地于秦矣。秦将王翦复破赵，虏其王。赵亡次必及燕，此丹之所以卧不安枕，食不甘味者也。"荆轲曰："以太子之计，将举兵与角胜负乎？抑别有他策也？"太子丹曰："燕小而弱，数困于秦。今赵公子嘉自称代王，欲与燕合兵拒秦。丹恐举国之众，不足当秦之一将，虽附以代王，亦未必能操胜算也。丹窃有愚计，诚得天下之勇士，伪使于秦，诱以重利，得近秦王，因乘间劫之，使悉反诸侯侵地，秦若肯从，则大善矣。若不从，则刺杀之。彼大将握重兵，各不相下，君亡国乱，上下猜疑，然后连兵齐、楚，共立韩、赵之后，并力破秦，此乾坤再造之时也，荆卿以为何如？"荆轲深思良久，对曰："此国之大事也，臣驽下，恐不足当任使。"太子向前顿首固请曰："以荆卿高义，丹愿委命于卿，幸毋固辞！"荆轲再三谦逊，然后许诺。于是太子丹尊荆轲为上卿，于樊馆之右，复起一第，名曰荆馆，以奉荆轲。太子丹日造门下问安，供奉甚盛。又进车骑美女，听其所欲，唯恐不当其意也。

一日太子与荆轲游东宫，观池水，有大龟出池旁，轲便拾石投龟，太子丹捧金丸进之以代石。又一日，共试驰马，太子丹有马日行千里，轲偶言马肝味美，须臾庖人进肝，所杀即千里马也。丹又言及秦将樊於期得罪秦王，今在燕。荆轲请见之。太子治酒于华阳之台，请荆轲与樊於期相会，出所幸美人奉酒，复使美人鼓琴。荆轲见其两手如玉，赞曰："美哉手也！"席散，丹使内侍以玉盘送物于轲，轲启视之，乃断美人之手以相赠也。太子丹之待荆轲，诸如此类，不一而足。盖欲自明无所吝惜，唯轲所悦而已。轲叹曰："太子遇我之厚，乃至此乎？当以死报之！"荆轲平日与人论剑术，少所许可，唯心服榆次人盖聂，自以为不及，与之深结为友。至是轲受燕太子丹厚恩，欲西入秦劫秦王，使人访求盖聂，欲邀请至燕，与之商议。因盖聂游踪未定，一时无处寻得。太子丹知荆轲是个豪杰，旦暮敬事，不敢催促。忽一日边吏报道："秦王遣大将王翦，率兵侵及燕之南界。代王嘉遣使来约，一同发兵，共守上谷以拒秦。"太子丹大惧，言于荆轲曰："秦兵旦暮渡易水，足下欲为燕计，岂有及哉？"荆轲曰："臣思之熟矣！此行倘无以取信于秦王，未可得近也。唯樊将军得罪于秦，秦王购其首，黄金千斤，邑封万家。而燕有督亢膏腴之地，秦王所欲。诚得樊将军之首，与督亢地图，奉献秦王，彼必喜而见臣，臣乃得有以报太子矣。"太子丹曰:“樊将军穷困来归,何忍杀之? 若督亢地图,所不敢惜!”荆轲知太子不忍于樊於期,乃私见樊於期曰:“将军得祸于秦,可谓深矣。父母宗族,皆为诛戮,今又悬重赏,以购将军之首,将军何以雪此恨乎?”樊於期仰天太息,流涕而言曰:“於期每一念及秦,痛彻心髓! 愿与之俱死,恨未有其地耳。”荆轲曰:“今有一计,可以解燕国之患,报将军之仇者,将军肯从之乎?”樊於期急问何计,荆轲踌躇不语。於期曰:“荆卿何不言?”轲曰:“计诚有之,但难于出口。”於期曰:“苟报秦仇,虽粉身碎骨,所不敢恤,又何出口之难乎?”荆轲曰:“轲之愚计,欲前刺秦王,而恐其不得近也。诚得将军之首以献于秦,秦王必喜而见轲。轲左手把其袖,右手斫其胸,则将军之仇报,而燕亦得免灭亡之患矣。将军以为何如?”樊於期闻言,即袒其衣,奋臂顿足大呼曰:“是於期日夜切齿痛心,而恨无其策者也,今乃得闻明教。”即拔佩剑自刎其颈,喉绝而颈未断,荆轲复以剑断之,使人飞报太子曰:“已得樊将军首矣!”

太子丹闻报,驰车至,伏尸痛哭,即命厚葬其身,而以其首置木函中。荆轲曰:“太子曾觅利匕首乎?”太子曰:“有赵人徐夫人(徐姓夫人名),匕首长一尺八寸,甚利,丹以百金得之,使工人染以青药,曾以试人,若一见血,无不立死,藏之以待荆卿久矣! 未知荆卿行期何日?”荆轲曰:“臣有好友盖聂未至,欲俟其来以为副。”太子丹曰:“足下之客,如海中之萍，未可定也。丹之门下有勇士数人，唯秦舞阳为最，或可以副行乎？”荆轲见太子十分急切，乃叹曰：“今提一匕首，入不测之强秦，此往而不反者也。臣所以迟迟者，欲俟吾友，以图万全。太子既不能待，即日请行。”于是太子丹奏闻燕王，草就国书，书中只说献督亢之地，并樊於期之首，俱付荆轲。以千金为轲治装，秦舞阳为副使同行。临发之日，太子丹与宾客，俱白衣素冠，送至易水之上，设宴饯行。高渐离闻荆轲入秦，亦持酒而至，荆轲使与太子丹相见，丹命入席同坐，酒行数巡。高渐离击筑，荆轲歌而和之，歌曰：“风萧萧兮易水寒，壮士一去兮不复还！”声甚哀惨，宾客及随从之人，无不涕泣，有如临丧。荆轲仰面呵气，直冲霄汉，化成白虹一道，贯于日中，见者惊异。轲复慷慨而歌曰：“探虎穴兮入蛟宫，仰天嘘气兮成白虹！”其声激烈雄壮，众人闻之，莫不瞋目奋励，有如临敌。于是太子丹复引卮酒跪进于轲。轲一吸而尽，牵秦舞阳之臂，腾跃上车，催鞭疾驰，竟不反顾。太子丹登高望之，不见而止，凄然如有所失，带泪而返。

荆轲既至秦境，径入咸阳，知中庶子（官名）蒙嘉有宠于秦王，先以千金赂之，求为先容。蒙嘉入奏秦王曰：“燕王怖大王之威，不敢举兵相敌，愿举国臣服，勤修贡职，比于诸侯之列，以奉先人之宗庙。恐惧不敢自陈，谨斩樊於期首，及献燕督亢地图，燕王亲自函封，拜送使者于庭。今上卿荆轲在馆驿候旨，唯大王命之。”秦王闻樊於期已诛，大喜，乃朝服设九宾之礼，召使者至咸阳宫相见。荆轲藏匕首于袖，捧樊於期首函，秦舞阳奉督亢地图，相随而进。将次升阶，秦舞阳面白如死人，大有震恐之状。侍臣曰："副使色变为何？"荆轲回顾秦舞阳而笑，上前叩首谢秦王曰："一介秦舞阳，乃北方蛮夷之鄙人，生平未尝见天子威仪，故不胜悚惧，易其常度。愿大王宽宥其罪，使得毕使于前。"秦王传旨，只许正使一人上殿。左右叱秦舞阳下阶。秦王命取头函验之，果是樊於期之首，问荆轲："何不早杀逆臣来献？"荆轲奏曰："樊於期得罪大王，窜伏北狄，寡君悬千金之赏，购求得之。本欲生致于大王，诚恐中途有变，故断其首，冀以稍纾大王之怒。"荆轲言时，辞气从容，颜色愈和，秦王不疑。时秦舞阳捧地图，俯首跪于阶下。秦王谓荆轲曰："取地图来，与寡人观之！"荆轲从舞阳手中取过地图，亲自呈上。秦王展图方欲观看。荆轲袖中匕首已露，不能掩藏，当下不免着忙，急以左手把秦王之袖，右手执匕首，往秦王胸前刺来。尚未及身，秦王大惊，奋身而起，袖竟裂脱。那时五月天气，所穿罗縠单衣，故易裂也。秦王座旁，设有屏风高八尺，王跳跃而过，屏风仆地。荆轲持匕首在后紧追。秦王不能脱身，绕殿而走。

原来秦国之法，群臣侍殿上者，不许持尺寸兵器。凡护卫之士，执兵戈者，皆陈列于殿下，非秦王命宣召，不得擅自上殿。今仓促之间，出此变故，不暇呼唤。殿上群臣，皆以手搏轲。轲勇甚,近者辄仆。有侍医夏无且,亦以药囊击轲,轲奋臂一挥,药囊俱碎。荆轲虽然勇猛,群臣不能近前,奈有众人搏击,所以秦王东奔西走,不能追及。秦王所佩宝剑,名"鹿卢",长八尺,欲拔剑击轲,因剑长,一时不能脱鞘。有小内侍赵高急唤曰:"大王何不背剑而拔之?"秦王悟,依其言,把剑推在背后,遂将剑拔出。秦王勇力不弱于荆轲,匕首尺余,只可近刺,剑长八尺,可以远击。秦王得剑在手,其胆便壮,遂回身来砍荆轲,断其左股。荆轲扑身倒于左边铜柱之旁,不能起立,乃举匕首以掷秦王。秦王闪开,那匕首在秦王耳边飞过,直刺入右边铜柱之中,锵然一声,火光迸出。秦王复以剑击荆轲,轲以手接剑,五指俱落,连被八剑。荆轲倚柱而笑,向秦王骂曰:"幸哉汝也!吾欲杀汝,不意被汝幸免,岂非天乎!然汝自恃其强,吞并诸侯,而不知以德服人,享国亦岂能长久哉?"言至此,左右已争前拉杀之。秦舞阳在殿下,知荆轲动手,也要上前,却被众人击杀。秦王心惊目眩,呆坐半日,神色方才稍定。往视荆轲,只见轲虽已死,而双目圆睁,怒气勃勃,宛若生人。秦王惧,命取荆轲、秦舞阳之尸,及樊於期之首,同焚于市中;燕国所来从者,皆枭首示众。

次日,秦王视朝,论功行赏,首推夏无且,以黄金二百镒赐之,曰:"无且爱我,以药囊投荆轲也。"次唤小内侍赵高曰:"'背剑而拔之',赖汝教我。"亦赐黄金百镒。群臣中手搏荆轲者，视有伤之轻重，分别加赏。殿下杀秦舞阳者，亦俱有赐。蒙嘉误为荆轲先容，凌迟处死。秦王怒气未息，乃发兵命王翦攻燕。太子丹知事不成，反招其祸，不胜其愤，悉起国中精锐，迎战于易水之西。燕兵大败，夏扶、宋意皆战死。丹奔蓟城，王翦合兵围之，十月城破。燕王谓太子丹曰："今日亡国破家，尽由汝矣！"丹对曰："今城中尚有精兵二万，辽东面山阻河，犹足固守，父王宜速往辽东以避之。"燕王不得已，登车开东门而出。太子丹尽驱其精兵断后，护送燕王东行，退保辽东，都于平壤。王翦攻下蓟城，告捷于秦王。嗣因积劳成疾，上表告老。秦王曰："太子丹之仇，寡人不能忘，然王翦诚老矣。"使将军李信代之，以追燕王父子。燕王闻李信兵至，使人求救于代王嘉。嘉以书报燕王曰："秦所以急攻燕者，以恨太子丹故也。若能杀丹以谢秦，秦怒必解，燕之宗社可保矣。"燕王犹迟迟未忍，太子丹闻之惧，与其宾客匿于桃花岛。李信使人送书燕王，数太子丹之罪，若不杀太子丹，决不休兵。燕王大惧，佯召太子丹计事，以酒灌醉，缢杀之，然后断其首，盛函送李信军中，为书谢罪。时方五月，忽然天降大雪，平地深三尺，寒如严冬，人谓太子丹怨气所致。李信驰奏秦王，且言："五月大雪，军人苦寒多病。"秦王许其班师回国，而燕亦得以暂保也。

酒中仙

国韵小小说

酒中仙

话说唐朝玄宗皇帝朝内有个才子,姓李名白,字太白,又自称青莲居士,西川绵州人也。生得姿容美秀,骨骼清奇,飘飘然有神仙之概。十岁时便精通书史,出口成文,人都夸他锦心绣口,又说他是神仙降生,因此又呼他为李谪仙。一生好酒,不求荣华,意欲畅游四海,看尽天下山水,尝遍天下酒味。先登峨眉,次游云梦,复居于竹溪。与好友孔巢父等六人,日夕畅饮。内中有一人姓杜名甫,又以“酒中仙”称之。李白又听得人说浙江湖州之酒甚好,特诚来到湖州,到酒肆中开怀畅饮,不觉微醉高歌。门外适有湖州县令经过,听得李白高歌之声,差下人问是何人。李白说明来历,下人回报,县令大喜道:“原来是西川李谪仙,快请相见。”留在署中,畅叙十日,临别问道:“青莲居士如此高才,何不游长安应科举?”白道:“今朝政不明,公道全无。有情面者登高第,纳金钱者获科名。若无情面金钱,虽有才具,亦属无用。白所以只愿饮酒作诗,免受盲子试官之气。”县令道:“虽然如此,先生之名,无人不知,一到长安,必有人保荐。”李白从其言,往游长安。

一日到长安后,往紫极宫游玩,遇见了翰林学士贺知章,通姓道名,彼此相慕。知章遂邀李白于酒肆中,同饮至夜,依依不舍,乃留李白至家中下榻。次日李白果将行李搬至贺翰林宅内,结为兄弟,每日谈诗饮酒,甚是相得。光阴迅速,不觉试期已近。贺翰林道:“今年试官是杨贵妃之兄杨国忠太师,监视官乃太尉高力士,二人都是爱财之人。贤弟无金银买嘱他们,便有通天学问,也不取你,见不得圣天子。此二人与下官相识,修一封书信去,预先嘱托,或者看薄面一二。”李白虽才大气高,遇了这等时势,况贺翰林情义,不好违阻,只得由他去写。贺翰林随即写了书信,投与杨太师、高力士。二人拆开看了,冷笑道:“贺翰林受了李白金银,却写封空信,在我这里讨白人情。到那日如遇李白卷子,不问好歹,即时批落罢了。”时值三月三日,大开闱场,聚天下才子,考试文艺。李白才思有余,一挥而就,第一个交卷。杨国忠见卷子上有李白名字,也不看文字,乱笔涂抹道;“这样书生,只好与我磨墨。”高力士道:“磨墨也不配,只好与我着袜脱靴。”喝令将李白推出去。李白怨气冲天,回至贺宅,立誓:“以后我若得志,定教杨国忠与我磨墨,高力士与我脱靴,方才满愿。”贺翰林劝道:“且休烦恼,权在舍下安歇。待三年再开试场,别换试官,必然登第。”终日共李白饮酒赋诗。日往月来,已不觉一载有余。

一日有个番使,赍了国书来见唐帝。朝廷急命召贺翰林陪接番使,在迎宾馆住下。次日玄宗上朝,命翰林学士拆读番书,一字不识,拜伏金阶启奏道:“此书似鸟兽之迹,臣等学识浅短,不识一字。”天子闻奏,命与太师杨国忠开读。

杨国忠开看，双目如盲，亦不识得。天子宣问，满朝文武并无一人能识得者，不知书上有何言语。天子大怒，喝骂朝臣："枉有许多文武，并无一个饱学之士，与朕分劳。此书识不得，将何从回答番使？却被番邦耻笑，欺我无人，必动干戈，来侵边境，如之奈何！予限三日，若无人识此番书，一概停俸；六日不识，一概停职；九日不识，一概问罪别选贤良，共扶社稷。"圣旨一出，诸官默默无言，甚为着急。贺翰林朝散回家，将此事与李白说知。白冷笑道："可惜我李某去年不曾及第，否则，何至无人翻译。"贺翰林大惊道："想贤弟博学多能，必能辨识番书，下官当于驾前保奏。"次日贺知章入朝，越班奏道："臣家有一秀才，姓李名白，博学多能。要辨番书，非此人不可。"天子准奏，即遣使赍诏前去贺翰林宅内，宣取李白。李白告天使道："臣乃乡僻秀才，无才无职。今朝中有许多大臣，都是饱学之士，何必问及微臣？臣不敢奉诏，恐得罪了朝中贵官。"李白说这句"恐得罪了朝中贵官"，隐隐骂着杨、高二人。使命回奏。天子问贺知章道："李白不肯奉诏，是何意思？"知章奏道："臣知李白文章盖世，学问惊人。只为去年在试场中被试官屈批了卷子，推出门外，今日教他白衣入朝，心中惭愧。乞陛下赐以恩典，遣一位大臣再往，必然奉诏。"天子道："依卿所奏。钦赐李白进士及第，着紫袍金带、纱帽牙笏见驾。就命卿自往迎接，不可推辞！"

贺知章领旨回家，请李白开读，并备述天子求贤之意。李白穿了御赐袍服，望阙拜谢，遂骑马随贺翰林入朝。玄宗于御座专待李白。李白至金阶，拜谢皇恩，躬身而立。天子一见李白，如贫人得宝、暗室得灯、饥者得食、大旱得雨一般，开口问道："今有番国来书，无人识得，特宣卿来译读。"白躬身奏道："臣因学问浅陋，被杨太师批卷不中，高太尉将臣推出试场。今有番书，何不令二人回答？却要番官久滞在此！臣是被批斥的秀才，不能称试官之意，怎能称皇上之意？"玄宗道："朕自知卿，卿勿推辞！"遂命侍臣捧番书使李白观看。李白看了一遍，微微冷笑，对御座将汉音译出，宣读如流。番书云"渤海国大可毒，书达唐朝皇帝；自你占了高丽，与我国逼近，边兵屡屡侵犯我界，想出自皇帝之意。我今不能再耐，差官来讲，可将高丽一百七十六城，让与我国。我有好物相送：太白山之兔，南海之昆布，栅城之豉，扶余之鹿，鄚颉之豕，率宾之马，沃州之绵，湄沱湖之鲫，九都之李，乐游之梨。你皇帝都有分。若还不肯，起兵来厮杀，且看哪家胜败？"众官听得读罢番书，不觉失惊，面面相觑，做不得声。天子听了番书，龙颜不悦，沉吟良久，方问两班文武："今番邦要兴兵抢占高丽，有何策可以应敌？"两班文武如泥塑木雕，无人敢应。贺知章启奏道："自太宗皇帝三征高丽，不知杀伤多少人马，不能取胜，财力为之消耗。天幸盖苏文死了，其子争权自讧。高宗皇帝遣老将李勣、薛仁贵，统百万雄兵大小百战，方才灭却。今承平日久,无将无兵,倘干戈复动,难保必胜。兵连祸结,不知何时方止?愿吾皇圣鉴!”天子道:“似此如何回答他?”知章道:“陛下试问李白,渠善于辞令,必能对付。”天子召李白问之。李白奏道:“此事不劳圣虑。来日宣番使入朝,臣当面回答番书,与他一般字迹。书中言语,吓他一番,须要番国可毒拱手来降。”天子道:“可毒何人也?”李白奏道:“渤海风俗,称其王曰可毒。与中国称天子一样。”天子见李白应对不穷,心中大悦,即日拜为翰林学士。设宴于金銮殿,传旨令开怀畅饮,休拘礼节。李白遵旨,不觉大醉。天子乃令内官扶到侧殿安睡。

次日五鼓天子升殿。李白宿酒未醒,内官催促进朝。百官朝见已毕。天子召李白上殿,见其面尚带酒容,两眼还有蒙眬之意,遂吩咐内官,教御厨房中造三分醒酒酸鱼羹来。须臾内官用金盘捧到鱼羹一碗。天子见鱼羹太热,亲取牙箸调之良久,赐予李学士。李白跪而食之,颇觉爽快。是时百官见天子破格相待,且惊且喜。唯杨国忠、高力士见了,颇有不乐之色。当时宣番使入朝,番使拜舞已毕。李白紫衣纱帽,手捧番书,立于右侧,朗声而读,一字无差。番使大骇。李白道:“小邦失礼,圣上大度包容,不与计较。有诏批答,汝宜静听!”番使战战兢兢跪于阶下。天子命设七宝床于御座之旁,取白玉砚、兔毫笔、龙香墨、金花笺,排列停当。赐李白近坐御榻前锦墩上书诏。李白奏道:“臣靴不净,有污宝席,望皇上宽恩,赐臣脱靴而登。”天子准奏,命小内官:“与李学士脱靴。”李白又奏道:“臣有一言,乞陛下赦臣狂妄,臣方敢奏。”天子道:“卿且奏来。”李白奏道:“臣前入试春闱,被杨太师批落,高太尉赶逐。今日见二人在朝,臣之神气不旺。乞命杨国忠与臣捧砚磨墨,高力士与臣脱靴,庶臣神气恢复,举笔草诏,方可不负君命。”天子用人之际,恐拂其意,只得传旨教杨国忠捧砚,高力士脱靴。二人心中暗暗自思:“前日科场中轻薄了他,今日恃了天子一时之宠,就来报复前仇。”又不敢违背圣旨,出于无奈,只得遵旨而行。李白此时昂昂得意,蹑足登床,坐于锦墩。杨国忠磨得墨浓,捧砚侍立。若论官爵大小,什么李学士坐了,杨太师反而侍立?因李白口代天言,天子赐坐。杨太师奉旨磨墨,不曾赐坐,只得侍立。李白左手将须一拂,右手举起兔毫向五花笺上,手不停挥,须臾草就吓蛮书一纸,呈于龙案之上。天子看了大惊,都是照样番书,一字不识。传与百官看了,亦是骇异。天子命李白诵之。李白就御座前朗诵一遍,文曰:“大唐开元皇帝诏谕渤海可毒:从来石卵不敌,龙蛇不斗。本朝抚有四海,将勇兵精,甲坚兵锐。高丽违命,天讨再加,传九百年,一旦灭亡,岂非逆天之咎!尔国乃海外小邦,高丽邻国,比之中华,不过一郡,士卒刍粮,万分不及。若不守臣礼,出言无状,天兵一下,千里流血,君为俘虏,国等高丽。方今圣度宽宏,恕尔狂悖,急宜悔祸,毋取诛戮。特谕。”读毕，天子大喜，再命李白对番官宣读，然后用宝入函。李白仍叫高太尉着靴，方才下殿，唤番官听诏。李白重读一遍，读得声韵悠扬，番官不敢作声，面如土色，拜辞而出。贺翰林送出都门，番官私问道：“方才读诏者何人？”翰林道：“姓李名白，官拜翰林学士。”番使道：“多大的官，使太师捧砚，太尉脱靴？”翰林道：“太师大臣，太尉亲臣，不过人间之极贵。那李学士乃天上神仙下降，赞助天朝，更有何人可及！”番使点头而别，归至本国，与国王述之。国王看了国书大惊，与国人商议：“天朝有神仙赞助，如何敌得过！”遂上了降表，愿年年进贡，岁岁来朝，不敢侵犯。天子阅表大悦，更敬重李白，欲加官职。李白启奏：“臣不愿受职，愿得逍遥散诞，随侍御前。”天子道：“卿既不受职，朕所有黄金白璧，奇珍异宝，唯卿所好。”李白奏道：“臣亦不愿受金玉，愿从陛下游玩，日饮美酒三十觞足矣！”天子知李白清高，不忍相强。从此时时赐宴，留宿于金銮殿中，恩幸甚隆。

有一日玄宗在宫内设宴，赏玩牡丹，意欲召李白进宫赐宴。内官至李白寓中，问起童儿，说是往长安市上酒家去了。内官寻至酒楼，只见李白占着一个小小座头，桌上花瓶内供一枝碧桃花，独自对花而酌，已吃得酩酊大醉，手执酒杯，还是不放。内官上前道：“圣上在沉香亭，宣学士快去！”众酒客闻得有圣旨，一时惊骇，都站起来观看。李白全然不理，张开醉眼，向内官念一句诗道：“我醉欲眠君且去。”念完之后,就沉沉睡着。内官也有三分主意,向楼窗口往下一招,七八个从人,一齐上楼,抬李学士到了门外,上了马。众人左右扶持,直跑到五凤楼前。天子又遣内官来催,敕赐"走马入宫"。内官遂不扶李白下马,直跑至沉香亭。天子见李白在马上双目紧闭,还未醒来,命内官铺锦被于亭侧,扶白下马少睡。亲往看视,见白口流涎沫,天子亲以龙袖拭之。杨贵妃在旁奏道:"妾闻冷水注面,可以醒酒。"乃命内官汲庆应池中之水,使宫女含而喷之。白梦中惊醒,见御驾大惊,俯伏道:"臣该万死!幸陛下恕之!"天子亲手搀起道:"今日同妃子赏名花,所以特召卿来共赏。"遂命贵妃持玻璃七宝杯,亲酌葡萄西凉酒,命宫女赐李学士饮。天子敕赐李白遍游内苑,令内官将美酒随在后面,供其酣饮。自是宫中内宴,李白每每被召。唯高力士深恨脱靴之事,时时在杨国忠面前挑拨,教他同妹子杨贵妃商量,在天子面前进谗,以报前仇。杨国忠本因李白教他磨墨,心中怀恨,怎经得高力士一说,便在贵妃前恳求。贵妃因兄妹之情,每在天子前说李白轻狂使酒,无人臣之礼。天子见贵妃不乐,遂不召李白内宴,李白情知被杨、高二人中伤,天子有疏远之意,屡次求去。天子心下实是爱重李白,只为李白去志甚坚,挽留不得,乃对李白道:"卿有大功于朕,岂可白手还家?卿有所需,朕当一一给予。"李白奏道:"臣一无所需,但得日沽酒一醉足矣。"天子乃赐金牌一面,牌上御书:"敕赐李白为无忧学士、逍遥秀才，逢坊吃酒，遇库支钱。府给千贯，县给五百贯。文武官员，军民人等，有失敬者，以违旨论。”又赐黄金千两、锦袍玉带、金鞍龙马、随从二十人。白叩头谢恩。天子又赐金花二朵、御酒三杯，于驾前上马出朝。百官俱携酒送行，自长安直至十里长亭。只有杨、高二人，怀恨不送。内中唯贺翰林直送到百里之外，流连三日而别。

李白在一路上，屏去从人，打扮作秀才模样，身边藏了御赐金牌，带一小仆，骑一健驴，任意而行。府县酒资，照牌供给。忽一日行到华阴界上，听得人言华阴县知县贪财害民，李白一心要去治他。来到县前，令小仆退去，独自倒骑着驴子，于县门首来回三次。那知县在堂上审事，看见了连声道：“可恶，可恶！怎敢如此轻狂侮弄我！”令公差拿至堂上审理。李白诈醉，连问不答。知县令先下狱，待他酒醒，再行判断。狱卒遂将李白推入牢中。白见了狱官，哈哈大笑。狱官道：“此人想是疯癫。”李白道：“也不疯，也不癫，人称我是酒中仙。”狱官道：“既不疯癫，好生供来。你是何人？为何冲撞县主？”李白道：“要我供状，取纸笔来。”狱卒将纸笔放于案上，李白写道：“供状绵州人，姓李，单名白。曾草吓蛮书，曾在金銮宿。鱼羹御手调，酒涎龙袍拭。高太尉脱靴，杨太师磨墨。天子殿前尚容乘马行，华阴县里不许骑驴人！请验金牌，便知来历。”写毕递与狱官，狱官看了，吓得魂飞魄散，低头下拜道：“学士老爷，可怜小人蒙上司差遣，身不由己,万望恕罪!”李白道:“不干你事,只要你对知县说:我奉金牌圣旨前来,所得何罪,拘我在此?”狱官拜谢了,即忙将供状呈与知县,并说有金牌圣旨。知县此时如小儿初闻霹雳,无地可避,只得同狱官到牢中,参见李学士,叩头哀告道:“小官不知驾到,一时冒犯,乞赐怜悯!”在职诸官,闻知此事,都来拜求,请学士到堂上正面坐下,众官庭参已毕。李白取出金牌与众官看,众官看罢,一齐低头拜道:“我等都该万死。”李白见众人苦苦哀求,笑对知县道:“你既受国家爵禄,如何又去贪财害民?如若改了前非,方免汝罪。”众官听罢,人人拱手,个个依遵,不敢再犯。就在厅上大排筵宴,款待学士三日,又大醉了几次方散。自是知县遂将前非痛改,成一好官。他县闻得此信,都猜是朝廷差李学士私行考察,无不化贪为廉。从此李白“酒中仙”之名,遂传遍天下,无人不知。

泥马渡康王
国韵小小说

泥马渡康王

却说宋朝的太祖赵匡胤，自从陈桥兵变，受周禅让得有天下。传了数代，至徽钦二宗，国势不振。那北方的金国，遂兴兵入寇。主帅名曰兀术，就是国王的四太子，生得勇猛非常，领了番兵五十万，一路破潞安州，夺两狼关，势如破竹。一日到了河间府，那节度使张叔夜，料来抵敌不过，只得假意投降，以保全合城百姓。兀术过了河间，直往汴京进发，不日到了黄河北岸，正待造船渡河，不料天不佑宋。其时只有八月天气，黄河忽然结起冰来。兀术遂得渡过黄河。那黄河南岸，原有李纲同宗泽二人，领兵驻守。只因众寡不敌，遂败下来。朝廷闻知，便将他二人削职，一面征师勤王，一面把京城严加防守，无如已来不及了。

一日，兀术大兵，已至汴京城下。其时徽宗已退为太上皇，早让位与钦宗。那钦宗闻金兵临城，急得无法，忙传丞相张邦昌商议。不知邦昌乃是个万恶奸臣，专以谋倾社稷，遂其私图为事。遂启奏道："现在京师无退敌之人，各省勤王兵，又皆未到。不如暂且与他讲和，送些金银币帛与他，叫他退兵。"钦宗准奏。次日遂由张邦昌亲送礼物至兀术大营，俯伏称臣，情愿归顺。兀术虽知他是个奸臣，心中不喜，然此时正值用人之际，使他做个内应，不怕江山不得，随即封邦昌为楚王。邦昌谢了恩,回至城中,奏知钦宗道:“那兀术要一个亲王为质,方肯退兵。”钦宗无奈,只得告知徽宗,令皇弟赵王,往金营为质。这赵王名完,年方十五,当由新科状元秦桧保护同去。不一时由张邦昌领至金营,兀术命:“请来相见。”谁知下边一个番将听错了,以为叫他拿进来,急忙出营,上前一把,将赵王拿下马来,往里便走。秦桧随后赶来,大叫道:“不要把我殿下惊坏了!”那番将挟至帐前放下,不料赵王早已惊死。兀术见了大怒,遂将这番将斩首。一面留住秦桧,又命把赵王尸首葬了。遂问张邦昌道:“如今殿下已死,还当如何。”邦昌道:“朝内还有一个九殿下,乃是康王赵构,待臣再去要来。”遂回朝对徽宗假哭道:“赵王由马上跌下,已死于番营之内。现在兀术仍要一个亲王为质。不然,就要杀进宫来。”徽宗闻奏,涕泣不止,只得又命康王前去。

此番那康王由吏部侍郎李若水保护了,仍由张邦昌领至金营。兀术恐怕又吓死了他,便命军师哈迷蚩亲自出营迎接。康王进了营。兀术见他年方弱冠,美如冠玉,不觉大喜,暗想好个人品,便道:“殿下若肯拜我为父,我得了江山,仍叫你为帝何如?”康王原意不肯,后来听说还他江山,只得勉强上前应道:“父王在上,待臣儿拜见。”兀术大喜,就命康王往后营,另立帐房居住。李若水便跟了进来,兀术见了问道:“你是何人?”若水睁着眼道:“你管我是谁人!”随了康王就走。兀术问军师道:"这是何人?却如此强硬。"哈迷蚩道:"此人名李若水,现为吏部侍郎,是宋朝有名的大忠臣。"兀术道:"原来是李先生,我倒失敬了。"便留在军师营前款待。次日兀术升帐,问张邦昌道:"今还当如何?"邦昌道:"臣既许狼主,敢不尽心?还要将二帝送与狼主。"兀术问:"如何送法?"邦昌道:"如此如此。"兀术大喜,依计而行。邦昌进了城,见二帝道:"昨日因天晚不能议事,故而在北营歇了。今日他们君臣商议,说还要五代先王牌位为质。臣想不如暂且与他,待各省勤王兵到,那时仍旧迎回便了。"二圣无奈,唯有哀哭道:"不肖子孙,不能自奋,致累先王!"父子到了太庙,又大哭一场,便叫张邦昌:"可捧了去。"邦昌道:"须得主公亲送一程。"二帝依言,亲送神主出城。才过吊桥,早被番兵拿住。邦昌自回城去了。

二帝来至金营,兀术命哈迷蚩点带一百人马,送往本国。那李若水闻知二帝被虏,忙叫秦桧保着康王,自己遂来保护二圣。一日行至河间府,节度使张叔夜前来接驾。君臣相见,放声痛哭。若水道:"你这样奸臣,还来做甚?"叔夜道:"李大人,我之投降,并非真心。因见潞安州节度使陆登死节,两狼关总兵韩世忠败走,力竭而降,实望主公调齐九省大兵,杀退番狗,阻其归路。不想冰冻黄河,又将宗泽、李纲削职。不知主公何故只信奸臣,以致蒙尘。臣今不能为国家出力,偷生在世,亦有何益!"遂拔剑自刎而死。二帝看了，愈加悲伤。番兵遂将叔夜葬了，仍押二帝往北。不一日到了金国的京城黄龙府，哈迷蚩便带了二帝来见国王，那国王把二帝着实凌辱一番，然后将他囚于五国城的陷阱之内。可怜堂堂的两个宋朝皇帝，竟同在地狱差不多了。那李若水见番邦把二帝如此凌辱，不觉大怒，便上前一口，将国王的耳朵咬下一只来。国王痛得快要死去。两边文武见了，便把若水一阵乱刀砍为肉泥。一面忙请太医敷上药，虽过了几日即愈，却已变成一个独耳的国王了。

那二帝自从被囚在五国城内，举目无亲，不胜其苦。一日，忽有人带了两件皮袄、几十斤牛羊脯来探望。你道这人是谁？原来就是当年代州雁门关的总兵崔孝，陷入金邦，已经十余年。因他善于医马，所以时常出入番营，那些番兵番将，多是与他要好的。他闻得二帝蒙尘，特来探望。当时二帝见了崔孝，如同亲人一般，便将兀术如何进兵，张邦昌如何卖国，赵王跌死金营，康王现在为质，细细说了一遍。崔孝道："九殿下既亦在此，主公可写下诏书一道，待臣带着，倘能相遇，好叫他逃回本国，起兵来救主公回去。"二帝道："此处交无纸笔，如何写得诏书？"崔孝道："臣该万死，主公可降一道血诏罢。"二帝听了放声大哭，只得扯了一块白的衣衫，咬破指尖，血书数字，叫康王奔回中原即位，重整江山，不失先王祭祀，写完就交与崔孝。崔孝接来藏好了，便辞了二帝出来。外面众平章见了，大喝一声道："崔孝，你做的好事！叫小番与我绑去砍了。”崔孝大叫：“无罪！”平章道：“我念你医马有功，通情放你进去，为何直到此时才回？倘被狼主得悉，岂不连累我们？”崔孝道：“里边陷阱甚多，无处寻觅。况且老汉有了些年纪，行走不动，故此耽搁了些。望平章原情恕罪！”平章道：“也罢，念你旧情分上，饶你一次，下次再不许到此地来。”崔孝连说：“不来，不来！”飞也似逃去。每日仍往来各营，打听康王消息。

且说兀术自从那日令哈迷蚩押解二帝回国去后，他恐九省勤王兵到来，截住归路，不能回北，遂命张邦昌守着汴京。自己带了康王、秦桧，也收兵回国。不过比哈迷蚩迟到一二十天罢了。光阴容易，又到了次年二月，兀术仍起五十万人马，并各国番兵，诸位殿下，一同随征，杀奔南朝。这就是金兀术二进中原。一路上但见那些番兵威风凛凛，杀气腾腾。行到四月中旬，方进了潞安州城门。你道这次为何来迟？只因在路上打了几次围场，故此耽延了日子，迤逦到了河间府。兀术传令：“不许入城骚扰百姓，有负张叔夜投顺之心。”又一日到了黄河，已是六月中旬了，天气火热。兀术传令仍旧在沿河一带安下营盘，待天气稍凉，然后渡河。倏忽之间，又到七月十五日，为祭祖先之期。兀术先已传令，搭起一座芦棚，遂宰了许多猪羊鸡鹅之类，把祭物摆得端正。众王爷早已齐集伺候。只见兀术坐着火龙驹，后边跟着的那个王子正是康王：穿着大红围龙夹纱战袍，金软带勒腰;左挂弓,右插箭,佩一口腰刀,坐下红纱马;头戴束发紫金冠,上插两根雉尾。正走之间,那马忽然打个前跪,几乎把康王跌下马来。康王急忙把马缰一勒,马就乘势立起。兀术回头见了大喜道:“王儿马上的本事,倒还很好。”不料康王因马这一蹲,飞鱼袋内这张雕弓,坠于马下。此时崔孝恰跟在后面,便走上一步,拾起弓,双手递与康王道:“殿下收好了。”兀术听得崔孝是中原口音,便问:“你是何人?”崔孝向马前跪下答道:“小臣崔孝,原是中原人氏,在狼主这里医马,今已十九年了。”兀术大喜道:“看你这个老人家,倒也忠厚,就着你服侍殿下,待我取了宋朝天下,封你个大大的官儿便了。”崔孝谢了兀术,就跟着康王到芦棚内来了。

你道崔孝为何也在兀术营内?只因他医马的手段甚高,少他不来,所以那些番将叫他同来的。这日打听得那个就是康王,他便跟在后面,以便寻得一个机会,将血诏付与他,不想遇着拾弓之事。兀术就令他服侍康王,那是更好的了。当下康王进了芦棚,见过了王伯、王叔。兀术就望北遥祭,众人叩拜已毕,一齐回到营中,席地而坐,不一时摆上酒筵,大家吃酒。康王也就坐在下面。众王子心中好生不悦,暗道:“子侄们甚多,偏要这个小南蛮为子做什么?”谁知康王坐在下边,低着头暗暗垂泪,他想:“夷狄尚有祖先。独我二帝蒙尘,宗庙毁伤,皇天不佑,岂不伤心?”兀术正在欢呼畅饮,看见康王停杯不动,便问:“王儿何故不饮?”崔孝听见，连忙跪下禀道："殿下因刚才受了惊恐，此时肚中作痛，身子不安，故而食难下咽。"兀术道："既如此，可扶殿下到后营去将息吧。"崔孝领命，扶了康王回到后营本帐。康王进了帐，不禁悲哭起来。崔孝遂往外吩咐小番道："殿下身体不快，你们不要进来，多在外厢伺候。"小番答应一声，乐得往帐外玩耍。崔孝回到里面，叫声："殿下，二帝有旨，快些跪接。"康王听见，连忙跪下。崔孝遂在夹衣内，取出二帝血诏，双手奉上。康王接了，细细一看，愈增悲戚。忽听小番报道："狼主来了。"康王慌忙将血诏藏在贴身。幸亏兀术不曾看见，不然，就要败露了。

兀术进了帐，坐下问道："王儿你好了么？"康王忙谢道："父王，臣儿略觉好些，多蒙父王挂念。"正说之间，只见半空中一只大鸟，如同老母鸡一般，身上五彩毛羽，光华夺目，落在对过帐棚顶上，朝着康王叫道："赵构，赵构！此时不走，还等什么时候？"崔孝听了大惊。兀术问道："这个鸟叫些什么东西？从不曾听见这般鸟声，倒像你们南朝人说话一般。"康王道："此是怪鸟，我们中原常有，名为'老鸦'，见则不祥。他在那里骂父王呢。"兀术道："吓！他在那里骂我什么？"康王道："臣儿不敢说。"兀术道："此非你之罪，不妨说与我听。"康王道："他骂父王骚羯狗！骚羯狗！绝了你喉，断了你首！"兀术大怒道："待我射他下来。"康王道："父王赐予臣儿射了吧。"兀术道："很好，就看王儿弓箭如何？"康王起身拈箭,暗暗祷告道:“若是神鸟,引我逃命,天不绝宋祚,此箭射去,箭到鸟落。”祝罢,一箭射去。神鸟张开口,把箭衔了就飞。崔孝忙把康王的马牵将过来,叫道:“殿下快上马追去!”康王便跳上马,随了这神鸟追去。崔孝执鞭赶上,跟在后边。逢营头走营头,逢帐房走帐房,一直追去。兀术尚自坐着,见康王如飞地追那鸟,暗想:“这呆孩子,这支箭能值几何,要如此追赶?”便仍回大帐,与众王子吃酒去了。不一会有平章报道:“殿下在营中发辔头,踹坏了几个帐房,连人都踹坏了。”兀术大喝一声:“什么大事?也来报我!”平章默然,不敢再说,只得出去。倒是众王子见兀术将殿下如此爱惜,好生不服,说道:“他踹坏帐房人口不打紧,但殿下年轻,不惯骑马,倘或跌下来,跌坏了,怎么处?”兀术笑道:“王兄们说得不错,小弟暂别。”就出帐房,跨上火龙驹,问小番道:“你们可见殿下往哪里去的?”小番道:“殿下出营一直去了。”兀术就加鞭追上去。

且说崔孝因赶不上康王,正在路旁气喘。兀术见了,暗想必定这老南蛮说了些什么了,不知天下皆属于我,不怕你走到哪里去。便大叫道:“王儿你往哪里走?还不回来!”康王在前边听了,吓得魂不附体,只是往前奔。兀术只道他不听见,就取弓在手,搭上箭,向康王马后射去,正中在马的后腿。那马一跳,把康王掀在地上。康王立起就跑。兀术笑道:“吓坏了我儿了。”康王正在危急,只见树木中走出一个老人,方巾道服,一手牵着一匹马,一手执了一条马鞭,叫声:“主公快上马!”康王也不答应,就跳上马飞奔而去。兀术在后见了大怒,加鞭追来,骂道:“老南蛮!我转来杀你。”那康王一口气跑到夹江,举眼一看,但见一带长江,茫茫大水。后面兀术又追来,急得上天无路,入地无门,大叫一声:“天丧我也!”这一声喊叫,忽然那马两蹄一举,背着康王,訇的一声响,跳入江中。兀术看见大叫一声不好了,急赶到江边一望,连康王的影子都不见了,只得呜呜咽咽哭转来。到林中寻那老人,并无踪迹;再走上前几里,但见崔孝已惊死在路旁。兀术大哭回营。众王子俱来问道:“殿下追赶得如何了?”兀术含着泪,将追入江中之事,说了一遍。众王子道:“可惜,可惜!这是他没福,王兄且免悲伤。”各人遂均安慰了兀术一番,兀术也只好罢了。

那康王的马跳入江中,原是浮在水面上的,因有神祇遮住了兀术的眼,故而不能看见他。他骑在马上,好像雾里一般,耳边只听得呼呼的风声,却不敢睁开眼来看。不到一个时辰,那马早已过了夹江,跳上岸。又行了一程,到一茂林之处,便将康王耸下地来,往林中跑进去了。康王道:“马啊!你何不再驮我几步,怎么抛我在这里就去了?他一面想,一面抬起头来,见日已西坠,天色将晚,只得慢慢地步入林中。忽见前面有一座古庙,便走上前去一看,那庙门口有块匾额,上面的字虽已剥落,却还约略认得出是“崔府君神庙”五个金字。进了庙，见有一匹泥马，颜色却与骑来的一样，湿淋淋的，浑身是水。他暗想：“难道渡我过江的，就是此马不成？”想了又想，忽然失声道：“那马是泥的，沾了水怎么不坏？”言未毕，只听得一声响，那马就化了。他走上殿，向神像举手道：“我赵构深荷神力护佑！若能复得宋室江山，即与你重整庙宇，再塑金身。”说罢就走下来，将庙门关上，寻块石头顶住了，然后向神厨内睡下。此就是“泥马渡康王”的故事。

枪挑小梁王

枪挑小梁王

话说宋朝高宗时候，有一个尽忠报国的名将，姓岳，名飞，字鹏举，相州汤阴县人，学得文武全才，世间少有。有一年，他同了王贵、汤怀、张显、牛皋四个结义兄弟，往汴京赶考。一路上晓行夜宿，渴饮饥餐，不止一日。看看已望见都城，岳飞便叫声："贤弟们，我们进城，须要把旧时性子收拾些。此乃京都，却比不得在家里。"牛皋道："难道京里人都是吃人的么?"岳飞道："你哪里晓得?这京城内，非比荒村小县。那些九卿四相，公子王孙，来往的多得很。倘若粗粗鲁鲁，惹出事来，有谁解救?"王贵道："不如我们进了城，多不开口，闭着嘴就是了。"汤怀道："不是这等说，大哥是好话。我们凡事让人些就是了。"五人在马上谈谈说说，不觉已进了城，就寻个客寓歇下。

岳飞因为有相州节度使刘光世寄于汴京留守宗泽的一封保荐信，要去当面呈递，遂同了四弟兄出寓，问了路，直往留守衙门而来。不一时已到，见衙门果然雄壮。停了一会，留守已朝罢归来，即刻升坐公堂，吩咐旗牌官："将一应文书，陆续呈缴批阅。"岳飞道："我也好去投书了，只是我身上穿的衣服是白的，恐怕不便。张兄弟，你可与我换一换。"张显道："大哥说的极是。"当下两个把衣服调换。岳飞进了辕门，来请旗牌官转禀说："汤阴县武生岳飞求见。"

旗牌官即进去转禀留守。留守道:“唤他进来。”岳飞来到大堂,见了留守,双膝跪下,口称:“汤阴县举子岳飞叩见。”说罢,便将刘节度的这封书呈上。宗爷心里,正因有人送他礼物,求做今科武状元的事,在那里恼怒。因先往下一看,见岳飞衣服华丽,疑心他是个财主。遂拆开书信看了,把案一拍,喝声:“岳飞!你这封书札,是出了多少财帛买来的?从实讲来!”两边衙役呼喝一声。早惊动辕门外这几个小弟兄,听得里边呼喝,牛皋就道:“不好了!待我打进去,抢了大哥出来吧。”汤怀道:“动也动不得!且看他什么发落,再作道理。”那兄弟四个,指手画脚,在外面探听消息。

这里岳飞见宗留守发怒,不慌不忙,徐徐地禀道:“武生是汤阴县人氏,先父岳和,生下武生三百天,就遭黄河水发,丧于清波之中。武生赖得母亲抱了坐于花缸之内,浮至内黄县,得遇恩公王明收养,家业田产,尽行漂没。武生长大,拜了陕西周侗为义父,学成武艺。因在相州院考,蒙刘都院老爷恩典,着汤阴县徐公查出武生旧时基业,又发银盖造房屋,命我母子归宗。临行又赠银五十两,进京为路费,又着武生到此讨个出身,以图建功立业。武生一贫如洗,哪有银钱送与刘大老爷?”宗泽听这一番话,心中想道:“我久闻有个周侗,本事高强,不肯做官。既是他的义子,或者果有些才学,也未可定。”说道:“也罢,你随我到箭厅上来。”众军校遂簇拥着宗爷,带了岳飞,来到箭厅。宗泽坐定,遂叫岳飞:

"你自去拣一张弓来,射与我看。"岳飞领命,走到弓架上,取过一张弓来,试一试嫌软,再取一张,也是如此。一连取过几张,俱是一样,遂上前禀道:"这些弓太软,恐射得不远。"宗爷道:"你平昔用多少力的弓?"岳飞道:"武生开得二百余斤,射得二百余步。"宗爷道:"既如此,叫军校取过我的神臂弓来,只是有三百斤,不知能扯得否?"岳飞道:"且试一试看。"不一时,众军校将神臂弓并一壶雕翎箭,摆在阶下。岳飞下阶,取将起来一拽,叫声:"好!"搭上箭,飕飕一连九支,支支中在红心。放下弓,上厅来见宗爷。宗爷大喜,便问:"你惯用什么军器?"岳飞道:"武生各样俱晓得些,用惯的却是枪。"宗爷便叫军校:"取我的枪来。"少停枪取到。宗爷命岳飞:"使与我看。"岳飞应了一声,拈枪在手,仍然下阶,在箭场上,把枪摆一摆,横行直步,直步横行,里刺外挑,埋头献翅,使出三十六翻身、七十二变化。宗爷看了,声声道:"好!"左右亦齐齐地喝彩不住。岳飞使完了枪,面色不红,喉气不喘,轻轻地把枪放在一边,上厅打躬跪下。

宗爷大喜,便吩咐掩门,遂走下座来,双手扶起道:"贤契请起。我只道是贿赂求进,哪知你果是真才实学。刘节度可谓识人。但是贤契早来三年也好,迟来三年也好,若此时真真不凑巧!"岳飞道:"不知大老爷何故忽发此言?"宗爷道:"贤契不知,只因有个藩王,姓柴名桂,乃是柴世宗嫡派子孙,在滇南南宁州,封为小梁王。因来朝贺当今天子,不知听了何人的言语，今科要在此夺取状元。不想圣上点了四个大主考：一个是丞相张邦昌，一个是兵部大堂王铎，一个是右军都督张俊，一个就是下官。那柴桂送进四封书、四份礼物到来。张丞相收了一份，就把今科状元许了他了；王兵部与张都督也收了；只有老夫未曾收他的。如今他三个做主，要中他做状元，所以说不凑巧。”岳飞道：“此事还求大老爷做主！”宗爷道：“为国求贤，自然要取真才，但此事有好些周折。今日本该相留，再坐一谈，只恐耳目招摇不便了。岳飞拜谢了，走出辕门来。同众弟兄回寓，路上便把与宗爷问答的一番话，告知了他们。唯柴王要夺状元之事，不曾说起。

一日，已到考试的日子，五弟兄披挂齐全，出了寓，骑上马，直往校场而来。进了校场，只见各省举子，先来的、后到的，人山人海，挨挤不开。岳飞见此处人多，便与弟兄们走到演武厅后面空处站了。停了一会，只见张邦昌、王铎、张俊三位主考，一齐进了校场，到演武厅坐下。不多时，宗泽也到了，与三人行礼毕，坐着用过了茶。宗泽暗想他三人主意已定，这状元必然要中柴王，不如传他上来，先考他一考，便叫旗牌传那南宁州的举子柴桂上来。旗牌答应一声，就走下来大叫道：“呔！大老爷有令，传南宁州举子上厅听令。”那柴王答应一声，遂走上演武厅来，向上作了一揖，站在一旁听令。宗爷道：“你就是柴桂么？”柴王道：“是。”宗爷道:“你既来考试,为何参见不跪,如此大样么?自古道:‘做此官,行此礼。’你若不考,原是一家藩王,自然请你上坐。今既来考试,就降做了举子了。哪有举子见了主考不跪之礼?你好端端的一个王位不要做,不知听信哪一个奸臣的言语,反自弃大就小,来夺状元,有甚好处?况且今日天下英雄,俱齐集于此,内中岂无本领高过于你之人,你能状元稳稳到手么?不如休了此心,仍回本郡,完全名节,岂不为美?快去想来!”那柴王被宗爷一顿发作,无可奈何,只得低头跪下,开口不得。

张邦昌看见,心中好生着急,想一想道:“也罢!待我也叫那宗爷赏识的岳飞上来,骂他一场。”便叫旗牌传那岳飞上来。岳飞听见,连忙进厅,见那柴王跪在宗爷面前,他就跪在张邦昌面前。邦昌道:“你就是岳飞么?”岳飞道:“是。”邦昌道:“看你这般人不出众,貌不惊人,有何本事,要想做状元么?”岳飞道:“武举怎敢妄想状元。但今科有几千举子来考试,哪一个不想做状元?其实状元只有一个,怎能个个有状元到手?武举也不过随例考试,何敢妄想?”邦昌本待要骂他一顿,不料被岳飞回出这几句话来,怎么骂得出口?便道:“也罢。先考你二人的本事,回头再考众人。且问你敢与柴王比箭么?”岳飞道:“大老爷有令,谁敢不遵?”

宗爷心中暗喜:“若说比箭,此贼就上了当了!”便叫左右把箭垛摆列在一百数十步之外。柴王看见靶子甚远,就向张邦昌道:“柴桂弓软,先让岳飞射罢。”邦昌遂叫岳飞先射。又暗暗地叫亲随人去将那箭靶移到二百四十步,令岳飞不敢射,就好移他出去了。谁知岳飞不慌不忙,当着天下英雄之面,开弓搭箭,飕飕地一连射了九支。只见那摇旗的摇了一个不定,擂鼓的擂得个手酸。方才射完了,那监箭官将九支箭连那射透的箭靶,捧上厅来禀着:“这举子箭法出众,九支箭俱从一孔而出。”邦昌不等他说完,就大喝一声:“胡说!还不快拿下去!”

那柴王自想箭是比他不过的了,不若与他比武,以便将言语打动他,令他诈输,让这状元与我。若不依从,趁势把他砍死,不怕他要我偿命。算计已定,就禀道:“岳飞箭箭俱中,倘然柴桂也中了,何以分别高下?不若与他比武吧。”邦昌听了,就命岳飞与柴王比武。柴王便骑上马,提着金背大砍刀,在校场中大叫:“岳飞快上来!”岳飞因为他是一个王子,怎好交手,不觉有些踌躇,勉强上了马,提着枪,慢腾腾地懒得上前。那校场中来看的、考的,有千千万万,见岳飞这般光景,俱道:“这人哪里是柴王的对手?一定要输的了!”就是宗爷也只道:“他临场胆怯,是个没用的,枉费了我一番心血!”

柴王见岳飞已到面前,便轻轻地道:“岳飞,你若肯诈败下来,成就了孤家的大事,就重重赏你;若不依从,恐你性命难保。”岳飞道:“千岁此言差矣,千岁乃堂堂一国藩王,富贵已极,何苦要占夺一个状元,与这些寒士争名?岂不上负圣主求贤之意,下屈英雄报国之心?窃为千岁不取,请自三思!不如还让众举子考吧。”柴王听了大怒道:“好不中抬举的狗才!敢这等胡言乱语。看刀吧!”便当的一刀砍来。岳飞用枪架开。又一刀来,又架开。一连六七刀,俱被岳飞东来东架,西来西架,一刀砍他不着。柴王收刀回马,到演武厅来,岳飞亦随后跟来。柴王禀张邦昌道:“岳飞武艺平常,怎生上阵交锋?”邦昌道:“我亦见他武艺不及千岁。”宗爷见岳飞在后,便唤上来道:“你这样武艺,怎么也想来争功名?”岳飞道:“非是武举武艺不精,只为与柴王有尊卑之分,不敢交手。”宗爷道:“既如此说,就不该来考试了。”岳飞道:“三年一望,怎肯不考?但是往常考试,不过跑马射箭,舞剑抡刀,以品优劣。如今与柴王刀枪相向,岂无失误?他乃藩王尊位,倘然把武举伤了,武举白送了性命;设或武举偶然失手伤了柴王,柴王怎肯甘休?如今只要求各位大老爷做主,令柴王与武举各立下一张生死文书:不论哪个失手伤了性命,大家不要偿命。武举才敢交手。”宗爷道:“这话也说得是。柴桂你愿不愿呢?”柴桂尚在踌躇,张邦昌便道:“岳飞你好一张利口!看你有甚本事,说得这等决绝?千岁可就同他立下生死文书,倘若他伤了性命,好教众举子心服。”柴桂无奈听从,二人把文书写定,大家画了个花押,呈上四位主考,各用了印。柴桂的交与岳飞,岳飞的交与柴桂。柴桂就把文书交与张邦昌收好。岳飞便出来寻着众兄弟，吩咐他们道："我与柴桂比武，倘若我被他砍死了，你们可收拾我的尸首；若是柴桂输了，他手下家将甚多，须要防着才好。这张生死文书，王兄弟与我好生收着。若然失去，我命休矣！"吩咐已毕，转身到校场中来。那时候这些来考的举子，和那看的人，真个人千人万，四面如打着围墙一般，都要看他二人比武。

那柴桂与岳飞立了生死文书之后，心里就有些慌张了，即忙唤集家将虞侯人等商议道："本藩来此考试，稳稳要夺个状元。不期偏偏遇着这个岳飞，定要与本藩比试。现在立了生死文书，不是我伤他，就是他伤我。你们有何主见赢得他？"众家将道："这岳飞有几个头，敢伤千岁？他若差不多些就罢；若是恃强，我们一拥而出，把他乱刀砍死。朝中自有张太师做主，怕他怎的？"梁王听了大喜，便披挂上马，到校场来，岳飞已是等着。梁王见岳飞雄赳赳，气昂昂，不比前番那样光景，着实有些害怕，便叫声："岳举子，你若肯把状元让与我，少不得榜眼、探花，也有你的份，日后自然还有好处与你。今日何苦与孤家作对？"岳飞道："王爷听禀，举子十载寒窗，所为何来？自古说：'学成文武艺，原是要货与帝王家的。'但愿千岁胜了举子，心悦诚服。若以威势相逼，不要说是举子一人，还有天下许多举子在此，都是不肯服的！"柴桂听了大怒，提起金刀照岳飞顶上就是一刀。岳飞把枪咯当一架。那柴桂振得两臂酸麻,叫声不好,心慌意乱,再一刀砍来。岳飞又轻轻地用枪枭过一边。柴桂见他并不还手,只认他是不敢还手,就胆大了,便将刀上三下四、左五右六,往岳飞身上连连砍来。岳飞左让他砍,右让他砍,砍得岳飞性起,叫声:“柴桂! 你好不知分量。差不多全你一个体面,早些儿去吧,不要倒了霉吓!”柴桂听得叫他名字,怒发如雷,骂道:“岳飞,你这狗头! 本藩抬举你,叫你一声举子,你擅敢冒犯本藩名讳么? 不要走,看刀!”提起刀直往岳飞头上砍来。岳飞大怒,闪过举枪一架,枭开了刀,要的一枪,往柴桂心窝里刺来。柴桂见来得厉害,把身子一偏,正中肋甲绦。岳飞把枪一起,把个柴王头往下、脚朝天挑于马下,再一枪结果了性命。

只听得合校场中的人齐齐喝一声彩。急坏了左右巡场官;那些护卫兵丁,俱唬得面面相觑。巡场官当下吩咐众卫兵,看守了岳飞,不要被他走了。那岳飞神色不变,下马等令。巡场官上演武厅报道:“众位老爷在上,梁王被岳飞挑死了,请令定夺。”宗爷听了,面色虽然不改,心里却有些慌张。邦昌听了大惊,喝道:“快与我把这厮绑上来!”两旁刀斧手,便将岳飞捆绑了,推到将台边来。那时梁王手下众家将,各执兵器,一拥而出,想与梁王报仇。汤怀、牛皋二人,一个举枪,一个舞锏,齐声大叫道:“岳飞挑死梁王,自有公论。你们谁敢擅自动手,惹得我们众英雄动起手来,顷刻间叫你们性命不留!”众举子又高声附和,唬得家将等不敢上前。牛皋见绑了岳大哥,正急得无法。忽听张邦昌传令:“将岳飞斩首。”左右方才答应,早有宗爷喝一声:“住着!”急忙出位,扯了张邦昌同王铎的手说道:“岳飞是杀不得的。他二人已立下死活文书,各不偿命,你我俱有印信落在他处。若杀了他,恐众举子不服,你我俱有性命之忧。”邦昌哪里肯听,仍喝叫:“刀斧手快去斩讫报来!”左右“得令”二字尚未说完,早有牛皋大喊道:“天下多少英雄,哪一个不想功名?今岳飞武艺高强,挑死了梁王,不能够做状元,反要将他斩首,我等实在不服!不如先杀了这瘟试官,再去与皇帝老子算账罢!”便把双锏齐下,将大纛的桅杆打折,再加众举子大声喊叫,犹如天崩地裂一般。宗爷将两手一放,叫声:“老太师,可听见么?如今悉听老太师去杀他罢了。”张邦昌与王铎、张俊三人,见这般光景,慌得手足无措,一齐扯住宗爷的衣服道:“老元戎,你我乃是同船合命的,怎说出这般话来?还仗老元戎调处方好。”宗爷道:“你看人情汹汹,众心不服,欲奏闻也来不及。不如且将岳飞放了,先解目前之危,再作道理。”三人齐声道是,吩咐把岳飞放了绑!左右得令,便把岳飞放了。岳飞得了性命,也不上厅去叩谢,竟去取了兵器,跳上马,往外飞跑,会见了众兄弟,砍开校场门,一同回寓,收拾行李,连夜返乡去了。

牛头山

牛头山

话说宋朝自徽钦二帝,被金国掳去,囚在五国城后,宋室江山,几乎破灭。后来幸亏得康王赵构,在金营为质逃回,在金陵即位,是为高宗,重整山河,再兴宋室。且待在下来讲个宋高宗被困牛头山的故事。

高宗自金营逃回后,因汴京已被金兵残破,不堪为都,遂在南京即位,改元建炎,发诏布告天下:"当有那些宋室旧臣王渊、张浚、李纲、宗泽、赵鼎、田思忠,并各路节度使各镇总兵等,闻诏前来勤王。"又差人去聘那当年枪挑小梁王的岳飞来,高宗亲封为副元帅之职。不久又有岳飞的一班结义兄弟吉青、牛皋、汤怀、张显、王贵、施全、周青、赵云、梁兴等,前来投效,俱封为副统制之职,一同抵御金兵。岳飞便领兵十万,带同众弟兄,一路往北而来。那金国四太子兀术在河间府,闻报康王在金陵即位,用张浚为大元帅,岳飞为副元帅,聚兵拒敌,不觉大怒,即日亲率大兵,去攻金陵。行至黄河,见对岸有各路节度使分兵坚守,难以渡过,正在无法,忽由降将刘豫献计道:"臣已说得臣亲家两淮节度使曹荣,献黄河来降,约明日请狼主渡河。"兀术闻之大喜,次日渡过黄河,封曹荣为赵王。各营闻曹荣已降,俱纷纷逃散。兀术仍领兵前进,一日在爱华山与岳飞相遇,两军扎下营盘。岳飞使令众弟兄分兵埋伏,一面令吉青引诱兀术进山。一场恶战,直杀得金邦马仰人翻,奔逃无路。兀术与岳飞战到七八十个回合,看看招架不住,只得率领残兵,寻条路逃过黄河去了。这一会是兀术自进中原以来,第一次战败。他想岳飞果然厉害,但不肯就此罢手,即差官往本国去再调人马,以备与岳飞决战。岳飞见兀术逃去,正欲造船渡河,忽高宗降旨:"升岳飞为五省大元帅,速即领兵往各省征剿水寇。"岳飞接了旨,便知会张浚,拨人守住黄河。自己带了众将,先去剿太湖水寇杨虎,征服了杨虎,又去剿鄱阳湖水寇万汝威、罗辉。不久二寇荡平,又去征服了汝南曹成、曹亮,随后又往湖广的潭州去征杨么。不料兵到潭州,杨么已于两日前逃去。岳飞安下了营,便差人去打听杨么的消息。

却说金邦兀术,探得岳元帅兵驻潭州,征剿水寇。就与军师哈迷蚩计议:"如今这岳南蛮远出,正好去抢金陵。"哈迷蚩道:"臣已定有一计,狼主可请大太子领兵十万,去抢湖广。"兀术道:"岳飞正在湖广,如何反叫大王爷到那边?"哈迷蚩道:"那大太子到湖广,并不与他交战。只要他守东,我攻西;他防南,我向北,牵制得那岳飞离不得湖广。这里就命二太子领兵十万,去抢山东;三太子领兵十万,去抢山西;五太子领兵十万,去抢江西。弄得他四面八方来不及。然后狼主自引大兵,去抢金陵,必在吾掌握之中矣。此是五路进中原之计，不知狼主意下如何？”兀术闻言大喜，遂召请四位弟兄，各领兵十万，分路而去。兀术自领大兵二十万，径往金陵进发。这时候留守宗泽守住汴京，屡次上表，请高宗回驻汴京，号令四方，以图恢复，高宗只是不从。此时宗泽打探得兀术五路进兵，岳飞又羁留湖广，急得旧病复发，口吐鲜血斗余，大叫“过河杀贼”而死。

兀术兵至长江，正待觅船济渡。那长江总兵杜充，见兀术来得势大，心想：“宗泽已死，岳飞又在湖广，朝中一班文臣，哪里敌得住？况兀术有令，宋臣归降者，俱封王位。我不如献长江以图富贵。”主意已定，便吩咐三军，竖起降旗，驾了小船来见兀术，口称：“长江总兵杜充，特来投降，迎接狼主过江。”兀术大喜，即封之为长江王。杜充谢恩道：“臣子杜吉，官居金陵总兵，现守凤台门，待臣去叫开城门，狼王即可进城。”兀术道：“尔子若肯归顺，亦封王位。”遂命杜充为向导，大兵往凤台门而来。高宗正在宫中，与张美人饮酒，只见众大臣乱纷纷赶进宫来叫道：“主公不好了！今有杜充献了长江，引番兵直至凤台门，他儿子杜吉开门迎贼，番兵已都进城！主公还不快走！”高宗大惊失色，也顾不得别人，遂同了李纲、王渊、赵鼎、沙丙、田思忠、都宽，君臣共是七人，逃出皇城，一路而去。

那兀术进了凤台门，并无一人迎敌，一直进了南门，走上金阶进殿来。只见一个美貌女子，跪着道：“狼主若早来一刻，就拿住康王了，如今他君臣逃出城去了。”兀术道：“你是何人？”美人道：“臣妾乃张邦昌之女、康王之妃。”兀术大喝一声道：“夫妇乃五伦之首。你这等寡廉鲜耻、全无一点恩义之人，留她何用！”走上前将她一斧砍死。一面命番官把守金陵，自己领了兵，令杜充前边引路，追赶康王。所到之处，人只道杜充是保驾的，自然指引去路，遂引着兀术，紧紧追来。前面君臣七人，急急如丧家之狗，忙忙似漏网之鱼，行了一昼夜，才到得句容。李纲道：“主公快将龙袍脱去，换了常服方可。不然恐兀术跟踪追来。”高宗无奈只得依言，不敢住脚，望着平江府秀水县一路逃至海盐，入城暂息。那县主路金，去请了一个当年梁山泊上五虎将呼延灼来保驾。兀术追至海盐，知道康王逃入城内，便命杜充出马。当由呼延灼出城迎敌，战不上几合，被呼延灼一鞭，将杜充打落马下，取了首级，号令在城上。兀术见了，亲自与呼延灼来战。那呼延灼虽然是个英雄，只因有了些年纪，与兀术战到四十余合渐渐招架不住，回马败走。兀术随后追来。呼延灼上了吊桥。不料这吊桥多年不修，木已朽烂，竟被那马踏断，前蹄遂陷将下去，把呼延灼跌下马来。兀术便上前一斧砍死。城上君臣看见，慌忙上马出城，沿着海塘逃走。兀术遂带领大兵，也沿着海塘一路追去，不上十来里路，远远望见他君臣八人，在前逃奔。高宗回头看见兀术追兵将近，吓得魂飞魄散。正在惊慌之际，忽见一只海船拢来，众大臣齐叫："救命！"船上五个大汉听见，就把船拢了岸。君臣们弃了马，忙忙地下船。兀术刚刚赶到，那船已离了岸，大叫："船家快把船拢来，重重赏你！"船上人凭他叫喊，只是不理，挂起风帆，一直开去。哈迷蚩道："量他不过逃到湖广去投岳飞，我们不如也往那一路追去。"兀术称"是"，便一直向湖广追去了。

再说那君臣下了船，船家便问："你们要往何处去？"众人道："要往湖广去寻岳元帅的。"那五个大汉道："我们就送你们去。可进舱坐定，桌上有点心，你们大家吃些。"君臣进舱，正在肚饥时候，就拿点心来吃。高宗道："天下也有这样好人！寡人若有回朝之日，必封他大大官职。"话尚未了，船家道："已到湖广了，上岸去吧。"众人道："哪有这样快，休要哄我。"那五个人道："你上去看，这不是界牌么？"李纲等保了高宗，上岸观看，果然是黄州界牌关。众人大喜，正要作谢船家，回转头来，哪里有什么船。但见云雾里五位官人，冉冉而去。众臣道："真个圣天子百灵护佑，不知哪里的尊神来救了我君臣性命。"高宗道："众卿记着，待寡人回朝之日，就各处立庙，永享人间血食便了。"

君臣八人进了界牌关，行了半日，来到一家人家的门首。李纲抬头一看，叫声："不好，这是奸臣张邦昌的家里，主公快走！"沙丙、田思忠忙扶了高宗就跑。却被他管门的看见了，便去报知邦昌道："门外有七八个人走过，听他说话，好似宋朝天子，现一直往东去了。”邦昌忙骑上马，出了门一路追来，见前面正是高宗君臣，高叫：“主公慢行，微臣特来保驾。”连忙赶上来，下马跪着道：“主公龙驾，岂可冒险前行，倘有意外，那时怎么处！且请圣驾枉驻臣家，待臣去召岳元帅前来保驾，方无失误。”高宗向众臣道：“且到张卿家再作计议。”邦昌就请高宗上了马，自己同众臣跟着回家。进了大厅，高宗坐定问道：“卿可知岳飞今在何处？”邦昌道：“现在驻兵澶州，待臣星夜前去召来。”高宗大喜。邦昌吩咐家人安排酒席款待。晚间送君臣入书房安歇，暗叫家人前后把守，邦昌只说去召岳飞，却星夜至金帮粘罕营中报知，叫他来捉拿康王。

倒是邦昌之妻蒋氏，深明大义。他得知了此事，暗想：“君臣命在顷刻，何忍坐视不救？”他便来到书房门外，轻轻叫道：“快些起来逃命！”君臣听得，连忙开门，问是何人。蒋氏道：“妾乃罪臣之妻蒋氏。我夫奸计，款留圣驾在此，已去报粘罕来拿了！”高宗听了，吓得手足无措。蒋氏道：“快随罪妇前来。”君臣八人，只得跟了来到后边。蒋氏道：“前后门都有人看守，一带都是高墙，难以出去，只有此间花园墙低，外面俱是菜园，主公可从墙上爬出去吧。”君臣慌忙攀枝依树，爬出了墙，一跌一冲地逃去了。蒋氏自想脱不了干系，便解下带，在树上自缢而死。邦昌领了粘罕，连夜赶到家里，走进书房，不见了君臣八人。这一惊不小，急往四处寻觅，一直寻到后花园，但见墙头爬倒，蒋氏悬挂在一棵树上。邦昌咬牙恨道："原来这泼贱坏了我的事！"即拔佩刀，将蒋氏之头割下，出厅来禀粘罕道："臣妻将康王放走，特斩头来请罪。"粘罕道："既如此，他们还去不远，你可在前引路去追赶。但你既归顺我国，在此无益，不如随着我回本国去吧。"命小番将邦昌家抄了，将房子烧毁了。邦昌心下好生懊悔，然无法阻他，只得跟了粘罕前去。

再说高宗君臣八人，走了半夜，刚刚上得大路，又遇着了奸臣王铎。原来王铎正要往张邦昌家商议归金之事，不意途中撞着高宗君臣，不觉大喜，便慌忙下马，假作失惊跪问道："主公为何如此？"李纲将失了金陵之事，说了一遍。王铎道："既如此，臣家即在前面，且请陛下到臣家中用些酒饭，待臣送陛下到澶州去会岳飞便了。"高宗允奏，遂同众臣到了王铎家中。王铎喝令众家将，将他君臣一齐绑了，拘禁在后园中。自己飞身上马，一路来迎粘罕报信。那王铎的大儿子孝如，在书房读书，听得书童说父亲将高宗君臣绑在后园，要献与金邦。忙至后园喝散家人，放了君臣，一同出园，觅路逃走。行不多路，孝如暗想："我不能替国家报仇，为不忠；不遵父命，放走高宗，为不孝。不忠不孝，何以立于人世！"大叫一声："陛下，罪臣之子，不能远送了！"说罢往山涧中一跳，投水而死。君臣叹息一番，急急往前奔去了。

那王铎一路迎着张邦昌，引见了粘罕，报知："康王已被臣绑在后园，专候狼主来拿。”粘罕大喜，遂同了王铎来至家中。早有家人禀说：“公子放了高宗，一同逃去。”王铎惊得呆了。粘罕闻知大怒，又将王铎家私抄了，房屋烧了，命他与张邦昌两个同作向导，一路去追康王。王铎暗恨：“早知粘罕这般狠毒，何苦做此奸臣！”王铎正在懊悔，忽见有一家人，名叫王德寿的，在前行走，便对粘罕道：“前边这个是我家人。他熟识路途，叫他做向导，必然稳当。”粘罕道：“既如此，可唤他来。”王铎叫转王德寿来见粘罕。粘罕叫他骑匹好马，充作向导。德寿道：“小人不会骑马的。”粘罕道：“就是步行罢。”德寿暗想：“公子拼命放走了君王，我怎么反引他去追赶？不如领他们爬山过岭，耽搁工夫，好让他们逃走。”主意已定，竟往高山爬去。粘罕在山下扎驻营盘，命众番兵跟了王德寿爬山。爬到半山之中，抬头一看，果有七八个人在上，德寿叫声：“我死也！怎么处！”就把身子一滚，跌下山来，变成肉酱。番兵见上边果然有人，就狠命爬上去。高宗见了道：“这次绝难逃脱的了！”君臣正在危急之际，天上忽然阴云密布，降下一场倾盆大雨。君臣也顾不得雨，仍是拼命爬山。那些番兵穿的多是皮靴，既经了水，山石又光又滑，爬了一步，倒退下了两步，立脚不住的跌下来，跌死了无数。看看那雨越下越大，粘罕便叫道：“他们逃不到哪里去。且张起牛皮帐来遮盖，等雨住了，再上去吧。”那君臣八人，冒雨爬到山顶，见有一座灵官庙，忙进内躲这大雨。少停雨歇，忽听得门外有马蹄声只道番兵上山来捉拿，八人吓作一团，急向门缝中张望，见是牛皋，便大叫："牛将军快来救驾！"你道牛皋为何晓得高宗在此，待在下来补叙一番。原来岳元帅在澶州，一日忽有探子来报道："兀术五路进兵。杜充献了长江，金陵已失。君臣八人，逃出在外，不知去向。"元帅一闻此言，急得魂魄俱无，大叫一声："圣上呀！要臣等何用！"拔出腰间宝剑，就要自刎。幸有众将上前，将剑夺下道："元帅差矣！圣上逃难在外，不去保驾，反寻短见，岂是丈夫所为？"元帅道："古语云：'君辱臣死。'如今不知圣上蒙尘何处，为臣子者，何以生为！"旁边走过部将诸葛英道："元帅不必愁烦。末将同公孙郎，善能扶乩请仙，可知圣上逃在何处，我们就好去保驾了。"元帅拭泪道："快排香案，祝拜通诚。"诸葛、公孙二人，在仙乩上扶出几个字来道："落日映湘澶，崔巍行路难。速展乾坤手，觅迹在高山。"元帅道："这明明说是圣上在湘澶二处山上。但不知在哪一座山，叫我如何寻觅呢？"便请过澶州总兵来道："有烦贵镇将湘澶二州山名，尽数写来。"总兵就细细开明，送上。元帅将山名团成纸阄，放在盆内，重排香案祝道："愿求神明指示，天子逃在何处，即拈着何山。"祝毕拈起一阄，打开看时，却是"牛头山"三字。元帅就命："牛皋带领五千人马，同着总兵速往牛头山打探。我领大兵随后即来。"牛皋得令，如飞而去。将到牛头山，恰是君臣爬山遇雨的时候。牛皋军士，也在山下搭起帐篷，等雨过了再行。军士报说："前面有番兵扎营。"牛皋道："既有番兵，君王必然在这山上了。便问总兵从何处上山？"总兵道："从荷叶岭上去，却是大路。"他就领兵从荷叶岭上来，至灵官庙前，听得有人叫"牛将军"，便下马进殿，见了高宗叩头道："元帅闻知万岁之事，几乎自刎，幸得众将救了，令牛皋先来保驾，果然在这里！"就将身边干粮献上，与高宗充饥，然后吩咐三军，守住山上要路。那番兵等雨住了，正要上山，忽见有宋兵把守，忙报知粘罕。粘罕就命人去催趱大兵，又着人往长安，一路迎报兀术，领兵到来。且把康王困住，不怕他插翅飞去。却说牛皋自己守住牛头山，一面请潼州总兵回去，保守潼州，速请元帅来保驾。那总兵在路正迎着元帅大兵，便去报知。元帅闻报，飞奔而来。到了牛头山，牛皋迎接，同至灵官殿，朝见了高宗奏道："微臣有失保驾，罪该万死！"高宗大哭道："奸臣误国，于卿何罪？"便把一路吃苦之事，说了一遍。岳元帅忙请君臣换了湿衣，又着人在山中寻了一座大大的道院，叫作玉虚宫，请高宗暂驻。高宗因路上辛苦，又冒了雨，身上发起热来，很觉不快，便往那玉虚宫养病。不数日兀术大兵到来，将牛头山围得水泄不通。后来幸得各处的勤王兵，与岳元帅的兵，内外夹攻，方将兀术杀败，得以仍还金陵。这宋高宗被困牛头山的一段故事，就此完了。

王佐断臂

国韵小小说

王佐断臂

话说宋朝高宗年间，那北方金国，屡次兴兵来犯中原，却都被韩世忠、岳飞二元帅杀得大败而回。有一年，金国四太子兀术，又率领大兵数十万，战将数十员，浩浩荡荡，向中原而来。一日到了朱仙镇，安下营寨，早有探子去报知岳元帅。元帅闻报，便带同众将，星夜往朱仙镇来迎敌。两军相遇之后，开了数仗，各有胜负。不久有韩世忠、刘琦、张信等诸元帅，领兵前来助战。忽金营内亦到了一员小将，姓陆名文龙，年方一十六岁，生得骁勇非常，使动那两杆枪，无人可敌，连被他伤了两员宋将。岳元帅见这人如此厉害，好生忧虑，只得暂将"免战牌"挂起，另思一计擒他。原来这小将不是别人，就是那潞安州节度使陆登之子。自从那年兀术破了潞安，陆登夫妇为国捐躯，只剩一子文龙，年方三岁。兀术因陆登是个忠臣，十分敬重，便将文龙带回本国，认为己子，仍命那乳母抚养，故而金邦都呼他为殿下。他竟亦认贼作父，不知自己是忠臣之后，这是因为他从小就到了番邦，那乳母又不敢将前事告诉他，有这两层缘故，所以也难怪他的。

再说岳元帅帐下有一位统制官，姓王名佐，也是元帅的结义兄弟，本在洞庭湖水寇杨么部下，却是新近来投降的。他见元帅为着战不下陆文龙，心中闷闷不乐，因想："我自归宋以来，尚未立有尺寸之功，如何想一个计策出来，上可报君，下可分得元帅之忧，博得名留青史，方遂我的心怀。"他一边想一边在营夜膳，吃过了饭，猛然想着道："我曾看过《春秋》，列国时有'要离断臂刺庆忌'的一段故事。我何不也学他断了臂，潜进金营？倘能近得兀术，拼得舍了此身，刺死了兀术，岂不是一件大功劳？"主意已定，便卸了甲，在腰间拔出剑来，泄的一声，将右臂砍下，咬着牙关，取药水来敷了。吓得军士等跪问道："老爷何故如此？"王佐道："我心中有冤苦之事尔等不知的。尔等自在营中好生看守，不必声张，且候我消息。"众军士答应，不敢作声。王佐将那断臂扯了一幅旧战袍包好，藏在袖中，悄悄来至元帅后营，向守营家将道："王佐有机密军情，求见元帅。"家将见是王佐，便进帐报知。此时已近三更时分，元帅因心绪不宁，尚未就寝。闻报王佐来见，不知何事，当命请进。王佐进了帐。元帅见他面黄如蜡，鲜血满身，惊问道："贤弟为何这般光景？"王佐道："大哥不必惊慌。小弟多蒙大哥恩重如山，无可报答。今见大哥为着金兵又犯中原，日夜忧心，那陆文龙又猖獗如此。故此小弟效当年吴国要离先生的故事，已将右臂断了，要往番营行事，特来向大哥请令。"岳飞闻言泪下道："为兄的自有良策，可以破得金兵，贤弟何故伤残此臂！速回本营，命医官调治。"王佐道："大哥何出此言？王佐臂已砍断，即使留在本营，也是个废人，有何用处？若大哥不容我去，情愿自刎在兄长面前，以表弟之心迹。”岳飞听了，不觉失声大哭道：“贤弟既决意如此，可放心前去！一应家事，愚兄自当料理便了。”王佐见元帅已允，便星夜向金营而去。到得金营，天已大明。便向守将道：“相烦通报，说宋将王佐，有事求见狼主。”那守将进帐禀知。兀术道：“我从不曾听见宋营有什么王佐，到此何为？”传令：“且唤他进来。”不多时王佐进帐来跪下。兀术见他面色焦黄，衣襟血染，便问：“你是何人？来见我有何言语？”王佐道：“小臣乃湖广洞庭湖杨么之臣，官封东圣侯。只因奸臣献了地图被岳飞所破，小臣无奈，只得随顺宋营。如今狼主大兵到此，又有殿下英雄无敌，诸将寒心。岳飞没奈何挂了‘免战牌’。昨夜聚集商议，小臣进言曰：‘今中原残破，二帝蒙尘。康王信任奸臣，忠良退位，天意可知。今金兵数十万，如泰山压卵，谅难抵敌，不如差人请和为上策。’不料岳飞不听好言，反说臣有二心，将臣断去一臂，着臣来降顺金邦报信，他说即日要来擒捉狼主，杀到黄龙府，踏平金国。臣若不来，即要再断一臂。因此特来哀告狼主。”说罢，便将断臂呈上，放声大哭。兀术见了，好生不忍，连那些元帅、众平章，俱各惨然。兀术道：“岳南蛮好生无礼！就把他杀了何妨？砍了他的臂，弄得他死不死，活不活，还要叫他投降报信，无非使我知他的厉害罢了。”便向王佐道：“我封你做个‘苦人儿’之职。你为着我断了此臂，受此痛苦，我养你一世快活吧!”传令:“各营中‘苦人儿’到处为居,任他行走。违命者斩!”这一个令传下来,王佐大喜,暗想:“不但无事,而且遂吾心愿,这也是番奴死日近矣。”连忙谢了恩。从此王佐就在金营住下。那边岳元帅差人探得金营并不见有王佐首级号令,心中甚是挂念,只得慢慢地再去打听。

王佐在金营,每日穿营入寨。那些小番,俱要看他的断臂,所以倒还有要他去耍的。这日来到殿下的营寨,小番道:“殿下到大寨里去了,不在营内,你若要看看,进去不妨。”王佐便进营闲看,只见有一个老妇人坐着。他就上前叫声:“老奶奶,‘苦人儿’见礼了。”那妇人道:“将军少礼!”王佐听那妇人是中原口音,便道:“老奶奶不像个外邦人吓!”那妇人听了此言,触动心事,不觉悲伤起来,便道:“我是河间府人。”王佐道:“既是中原人,几时到外邦来的?”那妇人道:“我听得将军的声音,倒也是个中原人。”王佐道:“‘苦人儿’是湖广人。”妇人道:“如此说是同乡了,告知了你谅不妨事,只是不可泄漏!我便是这殿下的乳母。他原是潞安州陆登老爷的公子,三岁的时候,被狼主抢到此间,我也就跟了来,至今已有十三年了。”王佐听了此言,心中大喜,便说:“‘苦人儿’去了,过日再来看奶奶吧。”

过了几日,王佐随了殿下到营里来。殿下回头见了,叫声“‘苦人儿’,你进来坐坐”。王佐便随着进营。殿下道:“你是中原人,那中原可有什么故事,讲两个与我听听。”王佐道:“有有有。讲个‘越鸟归南’的故事与殿下听!”

当年吴、越交兵,那越王被吴王杀得大败,便将一个西施美女献与吴王求和。这西施带一只鹦鹉,教得诗词歌赋,件件皆能,如人一般。原是要引诱那吴王贪淫好色,荒乱国政,以便取他的天下。吴王得了西施,甚是宠爱。谁知那鹦鹉竟不肯说话。陆文龙道:“这却为什么缘故?”王佐道:“后来吴王害了忠将伍子胥,越王兴兵伐吴,无人抵敌,奸相伯嚭逃遁,吴王身丧紫阳山。那西施仍归越国,这鹦鹉又讲起话来。这叫作‘越鸟归南’的故事。不过说禽鸟尚恋家乡,岂有做了一个人反不如鸟的意思。”殿下道:“这个不好,你再讲一个好的与我听。”王佐道:“我再讲一个‘骅骝向北’的故事吧。”殿下道:“如何叫作‘骅骝向北’?”王佐道:“这个故事却不远。就在这宋朝真宗皇帝之时,朝中出了一个奸臣,名叫王钦若。其时有那杨家将,一门忠义,故此王钦若每每要害他。一日乘真宗出宫打围,他便奏道:‘中原坐骑,俱是寻常劣马,唯有那萧邦大庆梁王坐的一匹日月骕骦驹,方是名马。只消主公降一道旨,命大元帅杨业前去要了来,就可乘坐了。’真宗依奏,就命杨元帅去要。那杨业手下,有一员勇将,名叫孟良。他本是杀人放火为生的,被杨元帅收服在麾下。元帅因他懂得外邦话,便叫他去做这件事。他到了萧邦,千方百计,居然把那匹宝马骗到手。只是一件,那马送至京师,一些草料也不肯吃,日夜向北而嘶,过了七日，竟自死了。”殿下道：“好匹义马！”王佐道：“这就是‘骅骝向北’的故事。”说毕便向殿下告辞。殿下道：“闲时再来讲讲。”王佐答应一声，出营而去。

有一日，王佐又来到陆文龙营前，进帐见了殿下。殿下道：“‘苦人儿’今日再讲些什么故事？”王佐道：“今日有绝好的一段故事，须把这些小番，都叫他们出去，只好殿下一人听的。”文龙忙吩咐伺候的人，一概到外面去。王佐见小番均已往外，便取出一幅画来呈上道：“殿下先看了这东西，然后再讲。”文龙接来一看，见是幅画。那图上一人，有些认得，好像父王。又见一座大堂上，死着一个将军，一个妇人，又有一个小孩子，在那妇人身边啼哭。又见画着许多番兵。文龙道：“苦人儿，这个是什么故事？我不明白，你来讲与我听。”王佐便指着画图道：“这个所在，乃是中原潞安州。这个死的老爷，官居节度使，姓陆名登。这个死的妇人，乃是谢氏夫人。这小孩是公子，名叫陆文龙。”殿下道：“‘苦人儿’，怎么他也叫陆文龙？”王佐道：“你且听着，被这昌平王兀术，兵抢潞安州。这个陆文龙的父亲尽忠，母亲尽节。兀术见公子幼小，命乳母抱好，带往本邦，认为己子，今已十三年了。他不想与父母报仇，反叫仇人为父，岂不痛心！”陆文龙道：“‘苦人儿’，你明明说我。”王佐道：“不是你倒是我不成？吾断了臂膀，皆是为你！你若不信，可进去问乳母便知。”话尚未毕，只见那乳母啼啼哭哭地走出来道：“我已听得多时，将军之言，句句皆真！老爷夫人死得好苦吓！”说罢放声大哭起来。陆文龙听了此言，泪盈盈地道：“不孝之子，岂知这般苦事？今既晓得，岂不与父亲报仇！”便向王佐下礼道：“恩公受我一拜，此恩此德，没齿不忘！”拜罢起来，拔剑在手，咬牙恨道：“我去杀了仇人，取了首级，同归宋营便了。”王佐急忙拦住道：“公子不可造次！他帐下人多，大事不成，反受其害。凡事须要三思！”公子道：“依恩公便当如何？”王佐道：“早晚寻些功劳，归宋未迟。”公子道：“领教了！”王佐遂辞别出营，仍往各处玩耍去了。且说兀术因兵被岳元帅阻住，心中郁郁不乐，一日正聚集众将商议，忽见小番来报：“本国差兵解到‘铁浮陀’，在外候命。”兀术大喜，命：“推过一边，待天晚时移至宋营前打去。凭那岳飞足智多谋，也不能逃得此难。”一面整备火药，一面暗点人马，专等黄昏施放。陆文龙在旁听了，就回营对王佐道：“今日北国解到一种火炮，名叫‘铁浮陀’，今晚要打宋营，十分厉害，却便如何？”王佐道：“宋营如何晓得？我们须要暗通一信方好。”陆文龙道：“也罢。待我射封箭书去报知岳元帅，明朝即同将军归宋如何？”王佐大喜。看看天色已晚，陆文龙悄悄出营上马，将近宋营，高叫一声：“宋军听者，吾有机密箭书，速报元帅，休得迟误！”说罢飕的一箭射去。随即转马回营。宋营军士拾了，忙去呈与岳元帅。元帅拆开一看吃了一惊，便暗暗传下号令，先命长子岳云、女婿张宪两员小将上来，吩咐道："你二人带领人马，如此如此。"二人得令，领兵埋伏去了。又暗令军士通知各位元帅，将各营虚设旗帐，悬羊打鼓；各将本部人马，一齐退往凤凰山躲避。

到了二更时分，金兵将"铁浮陀"推至宋营面前，引着火，直向宋营轰去，但见烟火腾空，山摇地动，好似雷公排恶阵，分明霹雳震乾坤。当时宋营各元帅，在凤凰山上，看见这般光景，好不怕人，皆举首向天道："幸得皇天护佑，不绝我等！"若不是陆文龙这支箭书，岂不把合营打成齑粉？也亏了王佐一条臂膀，救了六七十万人马的性命，他的功劳不小！众元帅纷纷谈论，暂且不提。再说那岳云、张宪，领了人马，埋伏在半路，听得大炮打过，待那金兵回营之后，向身边取出铁钉，上前把火炮的火门钉死，命军士一齐推入河中，便到凤凰山来缴令。岳飞仍命三军回转旧处，重新扎好营盘，等候陆文龙的消息。

那兀术自在营前，见"铁浮陀"大炮打得宋营一片黑漆，回到帐中对军师道："这回才得成功也！"众将齐到帐中贺喜。兀术传令摆起酒席，同众将等直饮到天明。只见小番进帐报道："'苦人儿'同殿下载了奶母，五鼓出营投宋去了。"兀术听了大叫道："罢了，罢了！此乃养虎伤身也！"正在恼恨，又有小番来报道："宋营内依然如旧，旗幡分外鲜明，越发雄壮了。"兀术好生疑惑，忙出营观看，果见旗色鲜明，刀枪密布，不知何故。传令速整"铁浮陀"，今晚再打宋营。小番一看,“铁浮陀”不知哪里去了,再往四下搜寻。吓!俱推在河内了,忙来禀知。直气得兀术暴跳如雷,停了一会叹口气道:“那岳南蛮真厉害,能使将官舍身断臂来骗哄我。说得陆文龙归宋。今‘铁浮陀’又被他破了,枉劳数载工夫,空费钱粮不少。情实可恨!”军师哈迷蚩道:“狼主不必心焦。且待臣摆一阵擒他。”兀术也无可奈何,只得道:“全仗军师了。”

且说那晚“铁浮陀”打过宋营之后,将次天明,陆文龙同着奶娘,暗暗将金珠细软收拾停当,同了王佐出营,竟往宋营而来。岳飞已经复将营寨扎好。王佐到了营前下马,进见元帅,禀明前事。各元帅、总兵、节度使、统制俱来谢王佐活命之恩。岳飞传令请陆公子相见。陆文龙进帐参见道:“小侄不肖,枉认仇人为父!若非王恩人说明,焉得复继陆氏一脉!”元帅吩咐送公子后帐居住,拨二十名家将服侍。一面差人送奶娘回到陆公子的家乡居住。这王佐断臂的事就此结束。后来哈迷蚩摆了一个什么金龙阵,又被岳元帅所破,杀得几十万金兵,只剩五六千人马,逃回本国。这都是后话,恕不唠叨了。

风波亭

国韵小小说

风波亭

却说南宋高宗皇帝时候，朝中有一个大奸臣，姓秦名桧。讲到他的历史，原是个状元出身。自从那年金国四太子兀术破了汴京，把徽、钦二宗掳去，秦桧与妻王氏也一同被掳。到了金邦，那国王将二帝囚在五国城内。他夫妻两个，就此流落在外，衣食不给。后来兀术屡次兴兵，俱被岳飞杀得片甲不回。他想岳飞如此厉害，怎能夺得宋朝天下，便与军师哈迷蚩商议。哈迷蚩道："欲得中原，非结识宋朝奸臣不可。当初何栗等五人跟随二帝到此，那四个俱铁铮铮不屈死了，唯有秦桧乞哀求活。我看此人倒是一个大奸臣。狼主可差人去寻他来，养在府中，加些恩惠与他，养他一年两载，必然感激。然后多送他些金银，放他回国，使他做个奸细。包叫这宋室江山，轻轻地送与狼主。"兀术道："此计甚妙。"随即差人去寻到了秦桧，封他为参谋之职。令夫妻搬入府中居住，每日供待，十分丰盛。兀术又时常送衣服来，送金银来。他二人感激得了不得，只说无恩可报。不知不觉，过了一载有余。一日兀术问秦桧道："卿可想回家否？"秦桧道："若得回国一拜祖坟，实为万幸。但不敢启齿耳。"兀术道："古人有言：'树高千丈，叶落归根。'卿既念家甚切，明日某家就与卿饯行吧。"

次日兀术带领一众文武，大摆筵宴，为秦桧饯行。酒罢，秦桧告辞起身。兀术道：“卿到中原，若得了富贵，休忘了某家！”秦桧道：“臣夫妻若得了好日，愿把宋室江山，送与狼主。”兀术道：“卿果有此心，何不对天立下一誓？”秦桧忙跪下道：“上有皇天，下有后土，我秦桧若忘了狼主恩德，不把宋朝天下送与狼主，后患背疽而死！”兀术道：“卿何必如此认真。日后倘有要事，可命人来通知，某家定当照应。某家今日不远送了！”秦桧夫妻拜别上马，往中原而来。不一日到了临安。见过高宗，高宗因他保护二圣有功，授他为礼部尚书之职。随后又升到丞相。这就是他的历史了。

有一年，兀术又兴兵来犯，当被岳飞大破于朱仙镇，杀得金兵尸如山积，血若河流。六十万兵马，只剩了五六千人败回去。兀术无颜见父，意欲自刎。哈迷蚩劝道：“胜败兵家常事，狼主何必轻生。臣闻秦桧现已为相，狼主可写书一封，待臣亲自送去，叫他寻个机会，害了岳飞，何愁天下不得？”兀术依言，便写了封书，令哈迷蚩速往临安，见机行事，自己率领残兵回国去了。

秦桧接了兀术的书，便与王氏商议道：“四太子要我谋害岳飞，当如何处置？”王氏道：“相公官居宰辅，职掌群臣，这些小事，有何难处。只说今日欲与金国议和，召他回京。然后再寻一计，将他父子害了，岂不甚妙？”秦桧大喜道：“夫人之言有理，待我依此而行便了。”此时岳元帅正欲起兵扫北、直捣黄龙。忽有旨令岳飞暂在朱仙镇歇息养马,待秋后粮足,再议发兵。岳飞虽有灭此朝食之志,但是不好违旨,只得在朱仙镇上屯住,终日操兵练将,又令军士耕种米麦,专候旨意扫北。不道秦桧力主讲和,使命往返几回,终无成议。看看腊尽春残,又是夏秋时候。一日岳爷在帐中观书,忽报圣旨下,连忙迎接开读,却是因和议已成,召取岳飞回兵进京,加封官职。岳爷谢恩毕,送出天使,回营向众将道:"圣上命我进京,怎敢违抗?但奸臣在朝,此去吉凶未卜。我且将大军不动,单身面圣,情愿独任扫北之事。倘圣上不听,必有疏虞。众弟兄们务要勠力同心,为国家报仇雪耻,迎得二圣还朝,则岳飞死亦无恨也!"正说之间,又报有内使赍着金字牌,来催元帅起身。岳爷忙忙接过。又报金牌来催。不到一个时间,连接到十二道金牌。内使道:"圣上命元帅速即起身,若再迟延,即是违逆圣旨了!"

岳爷见内使催促,便唤过施全、牛皋二人,吩咐一番。将帅印交他二人暂管,即刻带了四名家将,同着王横起身。众弟兄送了一程,洒泪而别。一日行到瓜州,天色已晚,只得在驿中权宿一宵,准备明日渡江。岳爷因心中有事,睡在床上,不觉心神恍惚。起身开门一望,但见一片荒郊,朦胧月色,阴气袭人,走向前去,只见两只黑犬,对面蹲着讲话。又见两个人,赤着膊,立在旁边。岳爷暗想道:"好作怪的畜生!怎样会得说话?"正在奇怪,忽然扬子江中,狂风大作,白浪滔天,江中钻出一个怪物,似龙非龙,望着岳爷身上扑来。岳爷陡吃一惊,一跤跌倒,原来身在床上,却是一梦。侧耳听时,谯楼正打三更,暗想:“此梦甚是蹊跷!曾闻韩元帅说,此间金山寺内,有一个道悦和尚,能知过去未来。我明日何不去访访他,请他详解详解?”

次日岳爷带同王横,到了金山寺,当由道悦接入方丈。叙过寒暄,岳爷便将昨夜之梦告知,请道悦详解。道悦道:“元帅怎么不解?两犬对言,岂不是个‘狱’字;旁立裸体两人,必有同受其祸者;江中风浪推出怪物来扑者,明明有风波之险,遭奸臣来害也。元帅此行,恐防有牢狱之灾、奸人陷害之事,切宜谨慎!”岳爷道:“我为国家南征北讨,东荡西除,立下多少大功,朝廷自然封赏,焉得有牢狱之灾?”道悦道:“元帅虽如此说,岂不闻‘飞鸟尽,良弓藏’?从来患难可同,安乐难共。不如潜身林野,隐迹江湖,乃是明哲保身之良策也。”岳爷道:“蒙上人指引,实为感激。但我岳飞以身许国,志必恢复中原,虽死无恨!上人不必再劝,就此告辞。”道悦一路送出山门,口中念道:“风波亭上浪滔滔,千万留心把舵牢。谨避同舟生恶意,将人推落在波涛。”岳爷低头不语,一径走出山门。道悦道:“元帅志坚心定,山僧无缘救渡,还有几句偈语奉赠,公须牢记,切勿乱了主意!”随即念道:“岁底不足,提防天哭。奉下两点,将人害毒。老柑腾挪,缠人奈何?切记切记,留意风波!”岳爷道:“岳飞愚昧,一时不解,求上人明白指示!”道悦道:“此乃天机,元帅试记在心,日后自有应验也。”岳爷辞了道悦下山来,四个家将接着。渡过长江,到了京口上岸。又行了两三日,已至平江,忽见对面来了锦衣卫指挥冯忠、冯孝,带头校卫二十名。两下正撞个着,冯忠便问:“前面来的莫非是岳元帅么?”王横上前答道:“正是帅爷。你们是什么人?问他作甚?”冯忠道:“有圣旨在此。”岳爷听得有圣旨,慌忙下马俯伏。冯忠、冯孝即将圣旨开读道:“岳飞官封显职,不思报国;按兵不动,克减军粮,纵兵抢夺,有负国恩。着锦衣卫扭解来京,候旨定夺。钦此。”岳爷方要谢恩,只见王横环眼圆睁,板眉倒竖,提起熟铜棍,大喝一声:“住着!我乃马后王横是也!俺随元帅杀贼多年,别的功劳休说,只如今朱仙镇上六七十万金兵,我们舍命争先,杀得他片甲不留,怎么反要拿俺帅爷?哪个敢动手的,先吃我一棍!”岳爷道:“王横,此乃朝廷旨意,你怎敢放肆,陷我不忠之名!我不如自刎,以表心迹罢。”说毕在腰间取下宝剑,遂欲自刎。四个家将慌了,一齐上来抱住,夺去宝剑。王横跪下哭道:“老爷难道凭他拿去不成?”冯忠见此光景,便提刀来砍王横。王横正待起身,岳爷喝一声:“王横不许动手!”王横再跪下来,已被冯忠一刀砍中头上,众校尉上前一阵乱刀,竟把王横砍死!

那四个家将见风色不好,乘着闹里俱一溜烟逃去。冯忠便将岳爷上了囚车,解往临安,到了城中,暗暗送往大理寺狱中监禁。次日秦桧出一道假旨，命大理寺正卿周三畏勘问。这周三畏清廉正直，心知岳爷冤屈，不肯枉法，却又惧秦桧势大，不敢与他作对，只得弃官而去。秦桧见周三畏不肯依附他，便差人去请了万俟卨、罗汝楫二人来道："老夫昨日命大理寺周三畏审问岳飞罪案，不想那厮挂冠逃走，现在缉拿治罪。老夫明日奏知圣上，即升你二人抵代此职，与我勘问岳飞，必须严刑拷打，审实他的罪案，害了他的性命！若成了此段大功，另有升赏。"这万俟卨乃是杭州府一个通判，罗汝楫是个同知。二人在秦桧门下走动，如狗一般。当下齐声道："谨遵太师爷钧旨，卑职将他断送了就是。"次日秦桧果将万俟卨升为大理寺正卿，罗汝楫升为大理寺寺丞。在朝官员，哪个敢啧一声？二人即刻上任。过了一日，就在狱中吊出岳爷审问。用各种毒刑来逼供，痛得岳爷几次晕去，只是不招。二人正欲将岳爷毙于刑下，忽然岳爷大叫道："我今日虽死也罢！我那岳云、张宪，不要坏了我一世忠名才好！"万俟卨、罗汝楫二贼听了，直吓得汗流浃背，忙假意向岳爷道："我二人也知元帅冤枉，原欲上本相保，无奈秦丞相当权，此本绝难到得圣前。方才元帅说有公子并令婿张宪，何不修书一封，请他们到此上本辨冤？定能救元帅出去。"岳爷不知是计，便道："甚好甚好！"遂写了一封家书，交与二贼。二贼仍将岳爷监禁。立时往见秦桧道："小官因知岳飞之子岳云，及女婿张宪，均有万夫不当之勇，倘此时害了他，二人得知，必领兵前来，不要说小官与丞相，恐怕连朝廷也难保！为此骗了他一封书来，以便一网打尽，免遗后患。”说罢将岳爷这封书呈上，秦桧看了大喜，便星夜着人往汤阴县召岳云、张宪去了。

不一日岳云、张宪到京，秦桧也将他二人下在狱中，岳爷方知中计。幸那狱官倪完是个好人，晓得岳爷有功于国，是被奸臣所害，故而用心服侍，倒也不甚吃苦。一日已是腊月二十九了，秦桧正同着妻子王氏，在东窗向火饮酒，忽外面递进一张传单来，是一个不怕死的百姓刘允升写的，上说岳元帅父子受屈情由，挨门逐户地分送，约齐日子，共上民表，替岳爷申冤。秦桧看了，就双眉紧锁，好生愁闷。王氏问道：“传进来的是什么事？相公看了，就这等不悦？”秦桧便将传单递与王氏道：“我只因那日诈传圣旨，将岳飞父子拿来，监在狱中，着心腹人万俟卨、罗汝楫两个，用严刑拷问，要他招认反叛罪名，今已两月，竟不肯招。现在民间俱说他冤枉，要上民表。倘然口碑传入宫中，岂是儿戏！欲放了他，恐违四太子之命，以此疑虑不决。”王氏将传单略看一看，即用箸在火炉中炭灰上写着七个字道：“缚虎容易纵虎难。”秦桧看了点头道：“夫人之言，甚是有理。”即将灰上的字迹抹去。正说之间，忽院子进来禀说：“万俟老爷送黄柑在此，与太师爷解酒。”秦桧收了。王氏道：“相公可知道么？这黄柑乃是杀岳飞的刽子手。”秦桧道：“柑子如何说是刽子手？”王氏道：“相公但将这柑子挖空，写一小票，藏在里边，差人转送与勘官，叫他今夜在风波亭结果了三人，一桩事就完割了。这柑子岂不是刽子手么？”秦桧连称“妙，妙”，便依此做去。

这日狱官倪完备了三席酒，将两席分送与岳云、张宪，一席他亲送到岳爷房内道：“今日是除夜，小官特备一杯水酒，替大人分岁。”岳爷道：“又蒙恩公费心了！”便走来坐下，倪完就在旁相陪。饮过数杯，岳爷道：“恩公请便罢。我想恩公一家，自然也有分岁的酒席，省得尊嫂等候。”倪完道：“大人不必记念。我想大人官到这等地位，功盖天下，今日尚受此凄凉，何况倪完夫妇乎！再陪大人在此吃一杯。”岳爷道：“如此多谢了。不知外边什么声响？”倪完起身看了一看道：“下雨了。”岳爷大惊道：“果然下雨了！”倪完道：“果然下雨，大人何故吃惊？”岳爷道：“恩公有所不知，我前日奉旨进京，顺便到金山上去访那道悦禅师，他说此去必有牢狱之灾，再三劝我弃职修行。我只为一心尽忠报国，不听他言。临行时他赠我几句偈言，一向不解，今日下雨，就有些应验。恐怕朝廷要去我了！”倪完道：“不知是哪几句偈言？帅爷试说与小官听听看。”岳爷道：“前四句是：‘岁底不足，提防天哭。奉下两点，将人害毒。’我想今日是腊月二十九日，岂不是‘岁底不足’么？恰恰下起雨来，岂不是‘天哭’么？‘奉下两点’，岂不是个‘秦’字？‘将人害毒’，真正是要害毒我了！这四句已应验了。后四句是：‘老柑腾挪，缠人奈何？切记切记，留意风波！’这四句还解不来，大约是要去我的意思。也罢，恩公借纸笔来一用。”倪完即将纸笔取来。岳爷写了封书，递与倪完道：“恩公请收下此书。倘我死后，拜烦前往朱仙镇去走一遭。我那大营内，是我的好友施全、牛皋护着帅印；还有一班兄弟们，个个是英雄好汉。倘若闻我凶信，必然做出事来，岂不坏我一生名节？恩公可将此书投下，一则救了朝廷，二则全了岳飞的名节，阴功不小！”倪完道：“小官久已看破世情，若帅爷安然出狱便罢；倘有什么三长两短，小官也不恋这一点微俸，带了家眷，回乡去做安逸人。寒舍离朱仙镇不远，顺便将这封书送去便了。”两人正在说话，忽见禁子走来，轻轻地向倪完耳边说了几句。倪完吃了一惊，登时面红耳赤。岳爷道：“为着何事，这等惊慌？”倪完料瞒不过，只得跪下禀道：“有圣旨下来。”岳爷道：“敢是要我去了么？”倪完道：“果然有此旨意，只是小官等怎敢！”岳爷道：“此乃朝廷之命，怎敢有违？但是岳云、张宪，犹恐有变，你可去叫他两个出来，我自有法。”倪完便去请到了岳云、张宪。岳爷道：“朝廷有旨下来，未知吉凶。可一同绑了，好去接旨。”岳云道：“恐怕朝廷要我们父子死，怎么绑了去？”岳爷道：“犯官接旨，是然要绑的。”岳爷就亲自动手，将二人绑了，然后自己也叫禁子绑了，问：“在哪里接旨？”倪完道：“在风波亭上。”岳爷道：“罢了，罢了！

那道悦和尚的偈言,说‘谨防风波’。我只道是扬子江中的风波,谁知牢中也有什么‘风波亭’。不想我三人,今日死于这个地方!”岳云、张宪道:“我们血战功劳,反要去我们,我们何不打出去?”岳爷喝道:“胡说!自古忠臣不怕死。大丈夫视死如归,何足惧哉!且在冥冥之中,看那奸臣受用到几时!”就大踏步走到风波亭上。两边禁子不由分说,拿起麻索,将三人勒死。时岳爷年三十九岁,公子岳云二十三岁。三人归天之时,忽然狂风大作,灯火皆灭,黑雾漫天,飞沙走石。后人读史至此,无不伤心惨切,唾骂秦桧夫妇,并那些依附权奸为逆者不已。

当时倪完痛哭了一场,暗暗着人买三口棺木,将三人的尸首,从墙上吊出,连夜入棺盛殓,写了记号,悄悄地抬出城,到西湖边,扒开螺蛳壳,将棺埋在里面。那倪完也等不到天明,当夜收拾行囊,带着家眷回乡去了。后来岳爷英魂,在秦桧家中显圣,把个秦桧活活弄死。岳爷也可以略出一口气了。

疯僧骂秦

国韵小小说

疯僧骂秦

话说宋朝三百余年天下，分为南北二期。自太祖赵匡胤建国，都汴梁，传至徽、钦。金人兴兵入寇，势如破竹，直抵汴京，掳二帝北去，宋遂亡。时康王赵构为质于金，乃乘隙逃回，南渡临安即位，是为高宗。宋室虽曰"中兴"，然北方诸地，皆为金有。后人因称徽、钦以前为北宋，高宗以后为南宋云。其时名将有张浚、韩世忠、刘锜、岳飞等，屡败金兵，力谋恢复，世称张韩刘岳。而岳飞尤善用兵，每战必捷，金人一闻"岳家军"三字，魂胆俱落，可以想见其厉害矣。岳飞之志，必欲扫平金邦，迎还二帝，故奋不顾身，尽忠报国。不料壮志未酬，先为秦桧陷害，诵唐人"出师未捷身先死，长使英雄泪满襟"之句，不禁为岳王悲也。然彼奸臣者，一旦势倒，身败名裂，只落得遗臭万年。而岳王之精忠，至今谁不钦敬！凡过杭州西湖者，必瞻拜其墓，以伸景仰之诚，则岳王虽死犹生焉。闲文少叙，且待在下来讲个疯僧骂秦的故事。我知诸君听了，必欣然拍手曰："好个疯僧！好个疯僧！"这一席话，虽不能褫奸人之魄，也可稍杀他的气焰了。

且说有一年，岳王大破金兵于朱仙镇，正欲乘战胜之势，直捣黄龙。不意奸相秦桧，力主和议，又得了金国主帅兀术的密书，使他除去岳王，遂矫诏召岳王回京,连发十二道金牌,不许少有停留。迨岳王一到临安,即诬以谋叛之罪,下在狱中,令门下走狗万俟卨、罗汝楫二人,严刑拷问。岳王哪里肯屈承这叛逆大罪。审了两月,用尽百般毒刑,仍无实供。秦桧恐日久败露,便与妻子王氏在东窗下商议处置之法。王氏道:"缚虎容易纵虎难,相公可暗令问官,就在今夜结果了他,一桩事便完结了。"秦桧称然,即命万俟卨、罗汝楫二人照行。是日为十二月二十九日,岳王遂于夜间在狱中风波亭被害,时年三十九岁。大公子岳云,及女婿张宪,前被秦桧设计骗入京师,是日也一同遇害。可怜岳王父子一世精忠,舍身为国,竟被奸臣以"莫须有"三字,构成冤狱,弄得如此收场,你道可伤不可伤呢?

秦桧害了岳王之后,心中暗想道:"岳飞虽除,还有韩世忠、张浚、刘锜、吴璘、吴玠等,皆是一党。若不除去,必有后患。"一日他独自一人,坐在万花楼上写本,欲兴大狱,以为一网打尽之计。这一本非同小可!正写之间,岳王英魂同了王横、张保,刚到万花楼上,见秦桧写这本章,不觉大怒,将秦桧一锤打倒,大骂:"奸贼!恶贯满盈,死期已近,尚敢谋害忠良!"秦桧见是岳王,大叫一声:"饶命吓!"登时晕去。岳王吩咐张保:"在此惩创奸贼。我往万俟卨、罗汝楫家显圣去。"岳王到了二贼家中,吓得人人许愿,个个求饶。岳王到底度量宽宏,不多时也就去了。

再说秦桧之妻王氏,听得丈夫在万花楼上叫喊,忙着丫环上楼去看。那些丫环走上楼来，被张保尽皆打下，也有跌破头的，也有跌坏脚的，大叫“楼上有鬼”。王氏又令家人何立去看。张保暂时闪开，让他上楼。何立见主人倒在地上，昏迷不醒，口中只是叫“岳爷饶命吓！岳爷饶命吓”，慌忙跪下求道：“岳爷饶了小人的主人罢！明日在灵隐寺修斋拜忏，超度岳爷。”张保遂往别处去了。秦桧醒转，何立扶下楼来。王氏见了问道：“相公何故叫喊？”秦桧道：“我好端端地在楼上写本，忽被岳王打了一锤，所以如此。”何立道：“小人上楼，见太师跌倒在地，小人许了灵隐寺修斋超度，太师方才醒转。”秦桧道：“既如此，你可取银二百两，速往灵隐寺去预备拜忏之事，明日我与夫人到寺拈香便了。”何立领命而去。

到了次日，秦桧夫妻一同至寺进香。众僧迎接入内，来至大殿上，拜过了佛。秦桧吩咐众僧并随从家人回避了，然后暗暗祷告道：“第一愿夫妻二人，常保富贵，百年偕老。第二愿岳家父子，早早升天，不来缠扰。第三愿凡有冤家，一齐消灭。”说毕，便唤住持引导，同王氏到各处随喜。一路行去，到了方丈前，忽见壁上有数行字，墨迹未干。秦桧走近细看，原来是写着一首诗道：“缚虎容易纵虎难，无言终日倚阑干。男儿两点凄惶泪，流入胸襟透胆寒！”秦桧看毕，不觉吃了一惊，暗想：“这诗中第一句，是我与夫人在东窗下灰中所写，并无一人知觉，如何却写在此处？甚是奇怪！”便问住持道："这壁上之诗，是何人写的？"住持道："太师在此拜佛，凡过客游僧，并不容留一人，想是旧时有的，老僧不曾留心得。"秦桧道："墨迹未干，岂是写久的？"住持想了想道："是了。本寺近日来了一个疯僧，最喜东涂西抹，想必是他题的了。"秦桧道："你去唤他出来，待我问他。"住持禀道："这个疯僧，终日痴痴癫癫，恐怕见了太师，不免得罪，还是不去唤他的是。"秦桧道："不妨，他既有病，我不计较他便了。"住持领命，就出了方丈，来至香积厨下叫道："疯僧，你终日东涂西抹，今日秦丞相见了，唤你去问呢！"疯僧道："我正要去见他。"住持道："须要小心，不是当要的！"疯僧也不言语，往前便走。住持同到方丈来禀道："疯僧唤到了。"秦桧见那疯僧垢面蓬头，鹑衣百结，口眼歪斜，手瘤足跛，浑身污秽，如同乞丐一般，便对着他笑道："你就是疯僧么？看你这般模样，不像是个出家人，如何也要修行？"疯僧道："我面貌虽丑，心地却是善良，不比得你佛口蛇心。"秦桧道："我问你，这壁上诗，可是你写的么？"疯僧道："难道你做得，我写不得么？"秦桧道："为何这样胆小？"疯僧道："胆小所以出了家，胆大终究要弄出事来。"秦桧道："你手中拿着这扫帚何用？"疯僧道："要他扫灭奸邪。"秦桧道："那一只手拿的是什么东西？"疯僧道："是个火筒。"秦桧道："既是火筒，就该放在厨下，拿在手中做甚？"疯僧道："这火筒节节枝枝，吹得狼烟四起，实是放它不下。"秦桧道："这都是胡说！我且问你，这病几时起的?”疯僧道;“在西湖上见了‘卖蜡丸’的时节,就得了胡言乱语的病。”王氏接口问道:“何不请个医生来医治好了?”疯僧道:“不瞒夫人说,因在东窗下商量没有药家附子,所以医不得。”王氏对秦桧道:“此僧有疯癫病,言语支吾,问他做甚,叫他去吧!”疯僧道:“三个都被你去了,哪在我一个?”秦桧道:“你可有法名么?”疯僧道:“有,有,有! 吾名叶守一,终日藏香积。不怕泄天机,是非多说出。”秦桧与王氏二人听了,心中惊疑不定。秦桧又问道:“看你这般行径,那能做诗;实是何人做了叫你写的? 若与我说明了,我即给付度牒,与你披剃何如?”疯僧道:“你替得我,我却替不得你。”秦桧道:“你既会做诗,可当面做一首来我看。”疯僧道:“使得,使得。以何为题?”秦桧道:“就以我为题。”说罢便命住持拿纸笔来。疯僧道:“不用去取,我袋中自有。”一面说,一面在袋内取出纸墨笔砚来,铺在地下。秦桧道:“这纸皱了,恐不中用?”疯僧道:“‘蜡丸’内的纸,都是这般皱的。”便磨浓了墨,提笔写出一首诗来,递与秦桧。秦桧接在手中一看,只见上边写道:“久闻丞相有良规,占断朝纲人主危。都缘长舌私金虏,堂前爱子永难归。闭户但谋倾宋室,塞断忠言国座灰。贤愚千载凭公论,路上行人有是非。”秦桧见一句一句都指出他的心事来,虽然怒甚,却有些疑虑,不好发作,便问:“末两句为何不写全了。”疯僧道:“末两句是‘一朝若见施全面,万恶奸臣命已危’。”秦桧回头对左右道:“你们记着:若遇见叫施全者,不管他是非,便拿来见我。”王氏道:“这疯子做的诗,全然不省得,只管听他怎的?”疯僧道:“你省不得这诗,是难怪的,这诗不是顺理做的,可横看去。”秦桧果然将诗横读过去,却是“久占都堂,闭塞贤路”八个字,不觉大怒道:“你这小秃驴,敢如此戏弄大臣!”喝叫左右:“与我推下阶去,乱棒打杀了罢!”左右答应一声,一齐上前来捉,好像鹰拿燕雀一般。疯僧扭住案脚大叫道:“我虽然戏侮了丞相,不过无礼,并不是杀害大臣,如何要打杀我?”吓得那一班和尚,个个发抖,都替疯僧捏着一把汗。谁知众家人虽乱拖乱扯,却只是扯他不动。王氏轻轻地对秦桧道:“相公权倾朝野,谅这小小疯僧,不怕他逃上天去,明日只消差一个人,便可拿来了,此时何必如此?”秦桧会意,便叫:“放了他。以后不许如此!”吩咐住持可赏他两个馒头,令他去吧。住持遂使侍者取出两个馒头,递与疯僧。疯僧把馒头双手撕开,将馅都倾在地下。秦桧道:“你不吃也罢,为什么将馅都倾掉了?”疯僧道:“别人吃你馅(与‘陷’同音),僧人并不吃你馅。”秦桧见他句句讥刺,不禁又大怒起来。王氏便叫:“疯僧可去西廊下吃斋,休在丞相面前乱话!”众僧恐惧,一齐向前把疯僧推着就走。疯僧连叫:“慢推着!夫人叫我西廊下去吃斋,他却要想东窗下去议事哩!”疯僧去后,秦桧也就回去了。

且说岳爷有一个结义兄弟,名叫施全。自从岳爷被害之后,他日夜思量报仇。一日来到临安,悄悄至岳王坟前哭奠了一番,便在城内住下,静候机会。这日打听得秦桧在灵隐寺进香,回来时必由众安桥经过,他便躲在桥下。那秦桧一路回来,正在疑想:“我与夫人所为之事,这疯僧为何件件皆知?好生奇怪!”进了钱塘门,行至众安桥下,那马忽然惊跳起来。秦桧忙把缰绳一勒,退后几步。施全见秦桧将近,挺起利刃,正要向他刺去。忽觉手背一阵酸痛,提刀不起。两旁家将见了,一齐拔出腰刀,将施全砍倒,夺下他手中刀,将他绑着,带回相府去了。列位看官,要晓得施全是百万军中打仗的一员勇将,这几个家丁哪里是他的对手,为何反被拿住?这却有个缘故,原来岳元帅阴灵,不欲他刺死奸臣,坏了自己一生的忠名,所以暗中扯住了他的两臂,使他提不起刀,任他拿住,以成施全之义名也。当下秦桧吃这一惊不小,回至府中,喘息略定,命将施全押过来,大声喝问道:“你叫甚名字?敢大胆来刺老夫?是听何人唆使?快快说来,或可饶你性命。”施全大怒骂道:“你这欺君卖国、残害忠良的奸贼!天下人谁不欲食汝之肉,岂独我一人!我乃堂堂丈夫,行不更名,坐不改姓,乃岳元帅麾下大将施全。今日特来将汝碎尸万段,以报元帅之仇。不料你这奸贼命不该绝!少不得有恶贯满盈之时,看你这奸贼躲到哪里去!”秦桧被施全千奸贼、万奸贼,骂得不能作声。遂命拿送大理寺狱中,次日即押赴云阳市斩首。后人有诗赞之曰:“烈烈轰轰士，求仁竟不难。春秋称豫让，宋代有施全。怒气江河决，雄风星斗寒。云阳甘就戮，千古姓名传。”

秦桧自那日众安桥受惊之后，连日神思恍惚，旧病复发。王氏见之，好不忧闷。一日对秦桧道：“前日与丞相在灵隐寺进香，那疯行者题的诗，句句讥刺，曾说‘若见施全命必危’。这施全必是疯僧一党，指使他来行刺的。”秦桧猛省道：“夫人所言，一些不差。”遂唤何立带领家将十余人，往灵隐寺去捉拿疯行者，不许放走。何立领命，同众竟到寺来。寻见了疯僧，何立就一手扯住道：“丞相令我来拿你，快快前去！”疯僧笑道：“不要性急。吾身不满四尺，手无缚鸡之力，谅不能脱走，何用捉住？我自知前日言语触犯丞相，正待沐浴更衣，到府中来叩头请死。你且放手，同众人立在房门外。待我进僧房去换了衣服，同去便了。”何立道：“就依你罢。也不怕你腾了云去，只要快些就是了。”遂放疯僧进内。等了好一会，不见出来。何立暗暗疑惑道：“他倒不要自尽了。”遂同众人一齐抢入房中，哪里有什么疯僧？忙向四面找寻，并无踪迹。只有桌上摆着一个小匣，用纸封好，上面写着几个字道：“匣中之物，付秦桧收拆。”何立无奈，只得取了小匣，同众家将等回府，将疯僧之事，细细禀知。桧秦拆开匣，见有一个柬帖在内。取来一看，那帖上写道：“偶来尘世作疯癫，说破奸邪返故园。若然问我家何处，却在东南第一山。”秦桧看罢大怒，便骂何立道：“你这狗才！敢私下放走疯僧,却将这匣儿来搪塞我。”何立忙跪下道:“小人怎敢?”众家将也上前禀道:“实非何管家放走。不知何故,那疯僧进了房,霎时就不见了。”秦桧见众人俱如此说,只好罢了。

过了几日,秦桧觉得背上隐隐疼痛,不久就生出一个发背来,十分沉重。高宗传旨命太医院调治,非但毫不见效,反而日重一日。高宗因放心不下,一日遂亲至相府看视。那秦桧过继的儿子秦熹,忙同着王氏一齐出府接驾。高宗进了书房,直至床前坐下,但见秦桧睡在床上,昏迷不醒。秦熹叫声:“大人!圣驾在此。”秦桧微微睁开眼来,手不能动,带喘道:“何劳圣驾亲临!赦臣万死!臣因罪孽深重,致受阴愆。愿陛下善保龙体。臣被岳飞索命,击了一锤,背脊疼痛,料不能再瞻天颜了!”言毕,发昏晕去。高宗命太医用心调治,朝事暂着万俟卨、罗汝楫协办。遂自回宫去了。秦熹送出高宗,回身转来,方至书房门口,只听得秦桧大叫道:“岳爷爷饶命吓!”接着又有铁索之声,慌忙走到床前来看,但见秦桧看了秦熹,把头摇了两摇,分明要对他说什么话,却是说不出来。霎时把舌头伸出,咬得粉碎,呕血不止而死。这是他陷害忠良、欺君卖国的结果。言虽稍近迷信,而天道报复,则真是历历不爽的。你道可怕不可怕呢?